음악의 신

음악의 신 8

이창연 장편소설

초판 1쇄 찍은 날 | 2017년 6월 12일
초판 1쇄 펴낸 날 | 2017년 6월 19일

지은이 | 이창연
펴낸이 | 예경원

기획 | 위시북스
편집책임 | 박우진
편집 | 이즈플러스

펴낸곳 | 예원북스
등록번호 | 제396-2012-000132호
등록일자 | 2012. 7. 25
KFN | 제1-109호

주소 | 경기도 고양시 일산동구 호수로 646-24 위너스21 Ⅱ 빌딩 206A호 (우)10401
전화 | 031-819-9431 팩스 | 031-817-9432
E-mail | yewonbooks@naver.com

ⓒ이창연, 2016

ISBN 979-11-6098-254-1 04810
       979-11-5845-408-1 (set)

음악의 신

이 창 연 장편소설

WISHBOOKS MODERN FANTASY STORY

8

CONTENTS

음악의 신

1화
단 한 번의 싱글

　정민아의 컴백무대를 논의하기 위해 강윤은 SBB 방송국을 찾았다. 음악나라 양상철 PD를 만나기 위해서였다.

　그러나 가는 날이 장날이라고, 양상철 PD는 자리에 없었다. 집안에 일이 생겼다며 반가를 내고 자리를 비운 것이다.

　"죄송합니다. PD님 오시면 말씀 전해드릴게요."

　강윤을 빈손으로 보내는 음악나라 작가는 연신 미안한 표정을 감추지 못했다. 김재훈의 팬인 영향이 컸는지, 그를 다시 복귀시켜 준 강윤에게 좋은 이미지를 가지고 있었다.

　강윤은 배려에 감사하다며 메시지 전달을 부탁했다.

　'자기가 있을 거라고 해놓고선…….'

　웃고 있었지만, 강윤은 짜증이 났다. 집안일이라니 별수 없었지만 결국 바람을 맞았으니 말이다. 하지만 화를 낼 수도 없었다. 그는 털레털레 1층으로 내려와 로비를 나섰다.

"어이, 어이!"

그때, 익숙한 소리가 들려왔다. 돌아보니 풍성한 덩치를 자랑하는 송태진 작가가 있었다. 그녀는 강윤을 보자마자 반갑다며 달려와 그의 등을 거세게 두드렸다.

"강윤이! 여긴 웬 일이야? 누구 만나러 왔어?"

"오랜만입니다, 누님. 양상철 PD 좀 만나러 왔었어요. 바람 맞았지만…… 누님은 여전하시네요."

그녀의 과격한 애정표현을 타박하며, 강윤은 어색한 미소를 지었다. 그러나 송태진 작가는 호탕하게 웃으며 가벼이 넘겼다. 그녀는 여전했다.

"강윤이가 바람을 맞아? 하하하! 웃기는 일이네. 아무튼 오랜만이야, 강윤이. 요즘 사업하는 재미에 푹 빠졌다며?"

"재미는요. 이제 걸음마 간신히 뗀 수준이죠."

강윤의 겸손한 말에 그녀는 고개를 저었다.

"무슨 소리야. 내가 들은 게 있는데. 지난번은 에디오스하고 재계약했고 이번에 데뷔한 신인은 1위 후보라며? 나 다 들었다? 매니저 시절에 찔찔대던 놈은 어디로 간 거야? 이거 완전 난놈이라니까?"

송태진 작가는 기뻤는지 연신 강윤의 등을 두드려댔다. 그

따가운 손길에 정감이 느껴져 강윤은 그저 웃음만 나왔다.

"난놈이라니요. 아직 멀었죠."

"잘난 척이라도 해라. 재미없게. 아무튼, 밥은 먹었어?"

강윤이 시계를 보니 점심시간이 얼마 남지 않았다. 아직이라는 말에 송태진 작가는 그를 잡아끌다시피 하며 자신의 차에 태웠다.

그녀가 강윤을 데리고 간 곳은 방송국이 있는 등촌동에서 유명한 칼국수집이었다. 그곳에는 많은 사람들이 있었다. 우아한 분위기를 따지는 송태진 작가로서는 드문 일이었다.

두 사람은 창가에 자리를 잡고는 칼국수 두 그릇을 주문했다.

송태진 작가는 찬물을 벌컥벌컥 들이키곤 말문을 열었다.

"요새 제니가 뜨더라? 예능 쪽 작가들 만나면 요즘 난리도 아냐."

"어떻게 이야기하던가요?"

"당연히 같이 방송하고 싶다 난리지. 제니, 이삼순. 큭큭큭. 이름이 삼순이가 뭐냐. 하하하하!"

삼순이라는 이름을 언급만 해도 웃기는지, 송태진 작가는 계속 입을 가렸다. 그러다가 그녀는 의자를 강윤 쪽으로 끌어당기고 진지한 표정으로 물었다.

"강윤아, 혹시, 제니같이 좋은 캐릭터 없을까?"

"저희 쪽에 배우는 없는데…….."

"내가 필요한 건 아닌데…… 아, 여, 역시 무리겠지?"

송태진은 그녀답지 않게 말을 더듬었다. 강윤은 의아해하며 그녀의 말을 기다렸다.

이윽고 생각을 굳혔는지 그녀가 입을 열었다.

"'아이조아 케라'라는 3년 전에 만들어진 오후 3시에 방송하는 프로그램이야. 나랑 친한 작가 애가 여기 대본을 쓰고 있거든. 그런데 메인 MC가 안 구해진다고 하소연하지 뭐니."

"……."

강윤은 멍해졌다. 설마 어린이 프로그램의 섭외 건을 듣게 될 줄은 상상도 못 했다. 당연히 말도 안 되는 일이었지만, 강윤은 더 자세히 들어보기로 했다.

"어린이들에게 어필할 수 있는 좋은 캐릭터를 원하시는 거죠?"

"응? 할 만한 사람이 있어?"

"일단 들어는 봐야 하지 않겠어요? 누님이 이상한 거 권할 리는 없을 테고."

강윤의 말에 송태진의 눈에 기쁨의 기색이 돌았다.

"역시! 우리 강윤이는 다르다니까!"

송태진이 자리에서 벌떡 일어나려는 걸 말리며 강윤은 프

로에 대해 물었다. 그녀는 마음을 가라앉히곤 프로에 대해
설명했다.

"이번에 계약이 끝나면서 남자와 여자 MC 모두가 바뀌거
든. 남자 MC는 섭외가 끝났는데 여자 MC가 문제야."

"남자 MC는 누구인가요?"

"타요."

"네? 혹시 타요라면 그 김찬성?"

"맞아."

강윤은 깜짝 놀라 눈을 번쩍였다. 그가 알기에 타요는 여
러 방송국의 예능 프로그램에서 감초로 활약하는 비싼 몸값
을 자랑하는 연예인이었다. 그런 그가 어린이 프로그램에 나
온다니. 어린이 프로그램의 제작비를 고려해 볼 때 상상 못
할 일이었다.

출연료 문제에 대한 궁금증을 알았는지, 송태진은 설명을
계속 이어갔다.

"타요가 이번에 곧 아빠가 된다면서 애들을 어떻게 키워야
할지 배워야 한데. 그래서 이건 봉사 개념으로 하겠다고 나
섰지. 그쪽 섭외팀도 대단해. 어떻게 보면 낚시인데."

"배우는 게 없진 않겠죠. 그래도 대단하긴 하네요. 타요
도, 제작진도."

"뭐, 덕분에 그 후배도 이번에 제대로 뽑아내겠다고 벼르

고 있어."

개요를 모두 들은 강윤은 잠시 생각에 빠졌다. 어린이 프로그램에 출연을 해서 얻는 효과가 무엇이 있을까? 가장 중요한 인지도는 얼마나 끌어올릴 수 있을지…….

'특이한 걸로 따지면 최고네.'

생각지도 못한 일이라 머리가 복잡하게 돌아갔다. 하지만 나쁘다는 생각은 들지 않았다. 어린이 관련 방송을 한다 해도, 어린이들의 인지도만 느는 것이 아니라 그들의 부모님에게서의 지지도 함께 얻을 수 있다. 게다가 맑은 이미지도 얻을 수 있으니 나쁘지 않았다.

게다가…….

'타요와의 인맥은 엄청난 보물이다.'

방송인 타요의 또 다른 별명은 연예계 마당발이다. 그와 친해질 수 있다면 여러 각도로 인맥을 뻗어갈 수 있었다. 타산적으로 생각해도 남는 장사였다.

5일 분량을 하루에 찍어야 하니 만만치는 않을 것이다. 출연료도 적다. 그러나 공중파, 게다가 어린이들과 그들과 함께하는 부모님에게 호감을 얻을 수 있다. 결론은 남는 장사다.

강윤은 눈을 빛냈다.

"누님, 좋은 사람이 있어요."

"진짜? 어떤 애인데?"

"이제 22살 된 애인데……."

"그래? 나이 딱이네. 아이돌이야?"

강윤의 말에 송태진 작가는 진한 관심을 가지고 그에게로 관심을 집중했다.

"저희가 지원하는 호, 홍대 공연장들의 예약율은 20% 가까이 떨어졌습니다. 반면에 루나스의 예…… 예약율은……."

여자 비서는 보고서를 읽어가다가 뒷부분에서 숨을 멈췄다. 문자가 어려워서가 아니었다. 강시명 사장의 웃는 눈빛이 워낙 무시무시해서 글이 제대로 보이지 않았다.

"계속해요."

"그…… 그게……."

"계속해요."

강시명 사장이 연신 재촉하자 그녀는 떨리는 목소리로 보고를 이어갔다.

"예…… 예약율은 20% 이상 사, 상승하였으며 지역 주민들의 이용률도 갈수록 즈…… 증가하는……."

쾅!

강시명 사장은 거세게 책상을 주먹으로 내려쳤다. 그 소리에 여자 비서는 저도 모르게 꺅 소리를 지르곤 눈을 감고 말았다. 그러나 강시명 사장은 아랑곳하지 않고 입술을 깨물었다.

"……괜한 돈만 버리고 말았군요. 이 안건 낸 사람은 어떻게 했나요?"

"지, 지시하신 대로 일반 사원으로 강등시켜 지방으로 발령을 보냈습니다."

그녀의 말에 강시명 사장은 입가에 시린 미소를 머금었다.

"무능은 죄입니다. 모두에게 똑바로 전하세요."

"아…… 알겠습니다."

여자 비서는 떨리는 목소리로 답하며 서둘러 사장실을 나섰다.

홀로 남은 사장실에서, 강시명 사장은 주먹을 꽉 쥐며 바르르 떨었다.

"가볍게 시작했는데, 이렇게 되니 오기가 생기는군요. 어디 한번 해봅시다."

그의 입꼬리가 한쪽으로 거세게 올라갔다.

"오늘의 1위 투표가 마감되었습니다. 결과를 확인해 봐야겠죠? 보여주세요!"

SBB 방송국 음악나라의 MC 송태영은 한껏 들뜬 어조로 외쳤다.

TV에는 음원, 음반 판매점수의 합과 방송출연 점수 등을 합해 결정된 1위를 보여주고 있었다.

"생방송 문자투표 점수까지 합한 오늘의 1위는……!"

무대 위의 사이키가 빛이 났다. 언급된 후보들 모두가 두근거리는 가슴을 안고 결과를 기다렸다.

곧, 송태영의 입에서 그 결과가 터져 나왔다.

"3월 첫째 주 1위! 축하드립니다! 은하!"

"모두 건배!"

강윤은 월드엔터테인먼트 식구들을 바라보며 건배를 외쳤다. 김지민의 곡이 헤븐 차트에서 1위를 할 때 이상으로 기쁜 날이었다. 데뷔한 지 한 달이 조금 지난 뒤에 이룬 쾌거였다.

항상 엷게 웃고 다니는 강윤이었지만 오늘은 더더욱 크게 웃고 있었다. 그는 진심으로 기뻤는지, 입가가 찢어질 듯했다.

"……아저씨, 입에 파리 들어갈 것 같아요."

"하하하하하! 괜찮아, 괜찮아."

정민아가 장난을 쳤지만, 강윤은 다 괜찮다며 웃어 넘겼다.

"지민아. 축하해."

"감사합니다, 재훈 오빠."

김지민은 김재훈에게서 축하를 받으며 기쁜 미소를 지었다. 시상식에서 모든 감정을 털어냈기에 이젠 안정된 모습이었다.

김재훈에 이어 이현아를 비롯한 소속사 가수들의 축하도 이어졌다. 모두의 축하를 받으니 김지민은 얼떨떨하면서도 다시 눈물이 날 것 같았다.

분위기는 말할 것도 없이 좋았다. 평소의 돼지고기는 온데간데없고 소고기가 테이블을 장악하고 있었다. 그들은 마블링을 뽐내며 모두의 혀끝에 녹아들며 환상적인 맛을 느끼게 해주었다.

다이어트를 해야 하는 정민아와 미성년자인 김지민을 제외하고 술도 한두 잔씩 돌았다.

"아저씨, 술 안 드세요?"

강윤의 빈 잔을 발견한 정민아의 물음에 강윤은 고개를 저었다.

"괜찮아."

"왜요? 한잔 드시지……."

정민아의 물음에 강윤은 그저 웃을 뿐이었다.

사실, 정민아나 김지민이 술을 마시지 않아 첫잔을 빼곤 입에 대지 않았다. 사장이 술을 잘 마시지 않으니 직원들도 자연스럽게 무리해서 술을 마시지 않았다.

회식은 그렇게 무르익어 갔다.

전화를 받기 위해 강윤이 잠시 자리를 비우고 정민아가 혼자 멍하니 앉아 있었다. 그녀에게 이현아가 술병을 들고 다가와 앉았다.

"어…… 언니?"

"한잔할래요?"

"아, 네. 술은 안 되지만……."

"받기만 해요."

이현아는 정민아의 잔을 채워주었다. 정민아도 두 손으로 공손히 잔을 채워주었다. 잔을 부딪치며 이현아는 단번에 시원하게 넘겼고 정민아는 입에만 가져갔다.

"떨리겠어요."

"그렇죠. 혼자 무대에 서는 건 처음이니까요."

함께 잔을 기울였지만, 정민아나 이현아는 어색했다. 강윤을 놓고 계속 부딪쳤던 두 사람이었다.

그래도 술의 힘은 무서웠다. 조금씩 두 사람은 마음을 터놓기 시작했다. 먼저 언니인 이현아가 입을 열었다.

"혼자는 떨리죠. 내 편이 있고 없고 차이는 크니까요."

"그죠? 댄서들도 같이 오르긴 하지만 내 편이라기보다 협력자 같은 느낌?"

"어? 나 그 느낌 알 것 같아요. 다른 가수들하고 무대에 오르면 그런 느낌 드는데."

무대 이야기부터 시작하니 공감대가 조금씩 형성되었다. 두 사람에게는 가수라는 공통점이 있었다. 댄스가수와 보컬리스트의 차이는 있었지만 결국 가수들이었다. 두 사람은 무대에서 일어난 에피소드들을 이야기하며 조금씩 술잔을 기울였다.

그런 그들의 모습에 이미 친해진 이차희와 서한유가 어이가 없다며 속삭였다.

"언제는 잡아먹을 것같이 으르렁대더니."

"제 말이요."

하지만 그들의 말은 듣지 못했는지, 이현아와 정민아의 웃음소리는 점점 커졌다.

"하하하! 언니도. 그때 그러면 진짜 살수차가 와서 물을 뿌렸다고요?!"

"말도 마, 말도. 설마 진짜 살수차까지 동원할 줄은 상상도 못했다니까? 수영장에서 공연하는 줄 알았어."

"완전, 완전."

술의 위력은 대단했다. 이미 두 사람은 의기투합을 제대로 하고 있었다.

정민아와 이현아의 사이를 걱정하던 사람들은 두 사람의 이런 모습에 '단순한 것들'이라며 혀를 찰 정도였다.

그렇게 그들이 쌈까지 넣어주며 애정을 과시할 때였다.

"……이놈의 PD는 밤늦게 전화를 해가지고는."

강윤은 작게 한숨을 쉬며 문을 열고 들어왔다. 음악캠프 양상철 PD와의 늦은 통화는 피로를 쌓이게 만들었다.

자리로 돌아오니 마침 이현아 옆에 자리가 비어 있었다. 강윤은 신발을 벗었다.

그때, 정민아가 상석으로 이동하며 자신의 자리를 내주었다.

"아저씨. 이쪽으로 오세요."

"어?"

그녀의 행동에 이현아의 눈에서 레이저가 나오기 시작했다.

"……민아 씨, 이러기에요?"

"네? 제가 뭘요?"

정민아의 너무도 당연하다는 표정에 이현아가 발끈했다. 두 사람의 눈에 다시 불꽃이 튀기 시작했다.

'아이고 머리야.'

강윤은 아파오는 머리를 붙잡고 조용한 서한유 옆으로 가 버렸다.

"이쪽에 앉으세요."

서한유는 옆자리에 놓아 둔 옷가지들을 치우며 강윤이 앉을 수 있도록 자리를 마련해 주었다.

"고마워."

그러자 사장이 왔다며 서한유와 함께 앉아 있던 이차희와 에일리도 강윤을 반겼다.

그는 서로를 쏘아보는 정민아와 이현아를 보며 투덜거렸다.

"저것들은 전생에 부부였나? 왜 저렇게 으르렁대니?"

"부부였다면 사이가 좋아야 하는 거 아니에요?"

서한유는 강윤의 말을 이해하지 못했는지 오히려 고개를 갸웃했다. 그녀의 황당한 질문에 강윤은 길게 한숨을 내쉬었다.

"……말을 말자."

그 해맑은 서한유의 말이 강윤을 당혹스럽게 만들었다.

이현지는 두 사람을 보며 킥킥대며 웃었다.

"강윤 사장님. 애들 입장에서 이야기해야죠. 저 애들이 부부가 어떤지 얼마나 알겠어요."

'이사님도 잘 모를 것 같은데요.'

그 말이 강윤의 턱 언저리에서 멈췄다. 목숨은 하나이고 소중한 것이니…….

서한유는 강윤에게 술을 따라주며 물었다.

"며칠 전에 주아 선배님 왔다 갔다고 들었어요."

"맞아. 민아한테 들었어?"

"네. 민아 언니가 주아 선배님한테 많이 배웠다 들었거든요. 하필이면 그때 헬스장에 가가지고……."

서한유는 진한 아쉬움을 드러냈다. 강윤은 말없이 그녀의 빈 잔을 채워주었다. 가볍게 잔을 부딪치고 술을 넘기니 얼굴이 살짝 달아올랐다.

아무래도 사장이 오니 시끌시끌한 분위기는 조금 가라앉았다. 그리고 대화의 주제도 자연스럽게 일로 기울어졌다. 강윤은 이차희에게 최근 회사가 잡아준 레슨에 대해 물었다.

"……취미로 하던 학생이 입시로 바꾼다 했다고?"

"네. 쉽게 결정하는 게 아니라고 타일렀는데, 오래 생각했다며 해 보겠대요."

이차희는 최근 진로를 결정한 학생의 문제로 고민이었다. 입시 레슨은 더 돈이 되지만, 그만큼 해줘야 할 것이 많았다. 게다가 미래가 걸린 일이니 마음에 부담도 되었다.

"그래도 차희 널 믿고 한다고 한 것 같은데, 해보는 게 어떨까?"

"그럴…… 까요?"

"정말 부담되면 이야기해. 알았지?"

이차희는 부담이 덜어지는 기분이었다. 데뷔라든가, 공연 등 묵직한 업무에 비하면 자신의 일은 작다 생각했는데, 강윤은 그런 것에 연연하지 않고 공평하게 고려해 주는 느낌이었다.

"네. 감사합니다."

"감사는. 애들이랑 사이좋게 지내고."

"제가 사이좋게 안 지내는 거 보셨나요?"

이차희가 의문 어린 표정을 짓자 강윤은 김진대를 가리켰다.

"진대 너무 괴롭히지 말고."

"네?!"

이차희는 황당했다.

'내가 언제 김진대를 괴롭혔다고…….'

강윤의 말에 좌중이 웃음바다가 되었다.

"하하하하!"

"맞아, 차희야. 나 좀 그만 괴롭…… 크헉!"

이차희는 저도 모르게 김진대의 옆구리를 푹 찔러 버렸다.

"아……."

강윤은 어깨를 으쓱이며 이번에는 눈을 에일리에게로 돌렸다.

에일리도 강윤에게 할 말이 많았는지 자세를 바로 하고 입을 열었다.

"사장님. 저희는 언제부터…… 활동…… 해요?"

조심스러운 물음에 서한유와 크리스티 안, 겨울 이후 지금까지 레슨에만 초점을 맞추고 있던 한주연까지 귀를 쫑긋 세웠다. 누구도 직접적으로 이 말을 묻지 않았다.

세 명 이상 같은 곳을 바라보면 사람들의 눈이 자연스럽게 집중된다. 지금 그 현상이 벌어지고 있었다. 심지어 여전히 투덕거리던 정민아와 이현아마저 강윤에게로 시선을 집중했다. 시끌시끌하던 분위기가 삽시간에 고요해졌다.

"회식자리에까지 일을 가져오고 싶진 않지만……."

강윤은 멋쩍게 웃었다. 그러나 에디오스 모두가 그것을 바라고 있었다. 강윤은 잠시 심호흡을 하곤 입을 열었다.

"지금까지 주연이, 삼순이, 곧 솔로로 앨범을 내는 민아까지. 에디오스의 세 사람은 유닛으로 활동하거나 활동 중이지. 남은 건 세 명이야. 에일리, 크리스티 안, 그리고 한유. 그중에서…… 에일리."

"네?"

에일리는 자신의 이름을 부르자 눈을 크게 떴다.

"내일 말할 생각이었지만…… 뭐, 지금 말하나 내일 말하나 큰 차이는 없겠지. 섭외가 들어왔어."

"진짜요?"

에일리의 얼굴에 화색이 돌았다. 얼마 만에 듣는 섭외라는 말인가. 그 오랜 기다림이 지금 빛을 발하는 순간이었다.

그러나 한국말은 끝까지 들어봐야 하는 법이다.

"'아이조아 케라'라고 DLE에서 하는 프로그램이야. 여기 메인 MC를 맡아주면 돼."

"에? 잠깐만요."

섭외라는 말에 함께 기뻐하던 서한유가 뭔가 이상하다며 고개를 갸웃했다.

"'아이조아'라면, 애들한테 아주 인기 있는 캐릭터 아닌가요? 그거 이상한 탈 쓰고 방송하는 거……."

"맞아. 케라라는 동물 캐릭터가 요즘 인기가 좋지."

강윤의 답이 이어지자 모두에게서 경악에 찬 목소리가 퍼져 나갔다.

"에에에에엑?!"

"자, 잠깐만요! 지…… 지금 에일리한테 어린이 프로를 하라는 거예요?!"

크리스티 안이 기겁하며 반문했다. 도무지 납득이 가질 않았다.

에일리는 에디오스 멤버를 통틀어 가장 어린애 같은 멤버였다. 떼쟁이에 울보에 잘 삐지고…… 어린이 방송에 어른이가 나가는 격이었다. 아니, 어쩌면 어울릴라나?

에일리조차 말도 안 된다며 나섰다.

"사, 사장님. 섭외는 좋은데 아무래도 이건 못……."

"미안. 이건 무조건 해야 해. 반대 의견은 안 받아."

"네?!"

처음 보는 강윤의 태도에 모두가 기겁했다. 가수가 반대하면 설득을 하는 사람이 강윤이었다. 그런데 이렇게 강짜로 나와 버리다니……. 게다가 주변에서는 말도 안 된다며 난리를 치니, 에일리는 점점 자신이 없어졌다.

하지만 강윤은 확신에 찬 목소리로 말했다.

"에일리. 너 어린이 좋아하지 않아?"

"네? 그건 그렇지만……."

다른 멤버들이 처음 듣는 말에 놀라 에일리에게로 시선을 집중했다. 지금까지 수년을 함께 해오면서도 전혀 알지 못했던 사실이었다.

"애들 잘 돌보지 않아? 미국에서는 애들 보는 일도 했었다며?"

"그랬었죠. 하지만 너무 오래 됐는데……."

"그래도 습관이 남아 있을 거야. 그리고 지금 애들을 싫어하는 것도 아니잖아. 오히려 좋아하지. 안 그래?"

"……."

에일리는 할 말이 없었다. 모두 다 맞는 말이었다.

오히려 난리가 난 것은 에디오스를 비롯한 다른 가수들이었다. 특히 에디오스는 전혀 알지 못했던 에일리의 모습을 강윤이 알고 있다는 것에 경악했다.

그러거나 말거나, 강윤은 에일리에게 마지막으로 쐐기를 박았다.

"해봐. 넌 잘할 수 있을 거야."

강윤이 확신을 심어주자, 에일리는 작게 고개를 끄덕였다. 그녀의 승낙에 오히려 멤버들이 호들갑을 떨었지만, 강윤은 한마디로 모두를 제지했다.

"누가 대신해 볼까?"

"……"

그 말에 모두가 입을 닫았다. 시청률도 나오지 않는 어린이 프로그램에 나가 고생만 죽어라 한다? 사양하고 싶었다.

'기왕 하는 거……'

에일리는 마음을 다잡았다.

어린이 프로그램이었지만 열심히 해보겠다고.

회식이 끝난 다음 날.

술을 꽤 마셨지만 강윤은 아무 일 없다는 듯 회사에 출근했다. 그리고 아직 처리하지 못한 정민아의 컴백 스테이지 관련 업무를 시작했다.

예산안을 이현지에게 보낸 강윤은 DLE 방송국의 정광진 PD에게 전화를 걸었다. 컴백 스테이지 시간 할당을 위해서였다.

-전화를 받을 수 없어 소리샘으로……

그러나 정광진 PD는 전화를 받지 않았다. 혹시 몰라 한 번 더 전화를 해봤지만 마찬가지였다.

강윤이 인상을 굳히며 고개를 흔들자, 이현지가 조심스럽게 물었다.

"또 안 받나요?"

"네. 이번이 몇 번째인지 모르겠습니다."

PD들과 연결이 안 되는 게 벌써 며칠째인지 몰랐다. 처음부터 스테이지에 부정적이었으면 설득에 대한 전략 수립이라도 했을 것이다. 그러나 아예 방송국 PD들을 만날 수가 없었다.

이현지도 현 상황이 마음에 안 드는지 인상을 썼다.

"저번엔 SBB에서 그러더니 이젠 DLE까지 말썽이군요. 이게 무슨 일인가요."

"그러게 말입니다. 지민이는 별일 없는지 걱정이네요"

"지민이는 이미 스케줄 협의가 끝나서 문제 없다네요. 민아가 문제죠."

강윤은 머리가 아파왔다. 연락을 해도, 방송국을 찾아가도 PD도, 섭외팀도 만날 수 없는 상황.

두 방송국이 노골적으로 자신을 피하는 게 분명했다. 이유를 알 수 없으니 더더욱 신경이 쓰였다. 강윤은 손을 턱에 가져가며 조심스럽게 말했다.

"뭔가 있는 것 같은데……."

"민아가 솔로앨범을 내서 손해를 볼 사람이 있을까요? 미리 말하지만 MG는 확실히 아니에요. 그쪽은 신경도 쓰지 않고 있어요."

"그쪽에선 에디오스를 완전히 버린 카드 취급하고 있으니까요. 방해 안 하는 것만 해도 감사해야죠. 아무튼 원인이 무엇이든 뭐라도 해봐야겠습니다. 일단 HMC까지 연락을 해봐야죠."

강윤은 서둘러 다른 방송국에 전화를 돌렸다. 그러나 모두가 한마음으로 짜기라도 했는지 강윤의 전화를 받지 않았다.

다시 공중파 PD들에게 전화를 걸어봤지만, 모두 불통이었다. 강윤은 길게 한숨을 쉬었다.

"안 받는군요. 이건 뭔가 있습니다."

"네? 뭐 이런……."

이현지는 어떤 불안감 때문에 표정이 어두워졌다. MG엔터테인먼트 시절에는 상상도 못할 일이었다. 작은 소속사의 가수들은 거대 소속사의 힘으로 보이콧을 하게 만드는 경우가 있었는데, 비슷한 느낌이 들었다. 막상 그렇다 생각하니 몸이 부르르 떨려왔다.

그러나 강윤은 침착했다.

"현재 확보한 방송국은 KS TV 한 곳뿐이군요. 시도는 더 해봐야겠지만, 더 무대를 확보하는 건 힘들 것 같습니다."

"그럼 어떻게 하죠? 방송무대 없이 앨범을 낸다뇨. 이건 말이 안 돼요. 차라리 시기를 늦춘다든가……."

그 말에 강윤은 고개를 흔들었다.

"곧 4월입니다. 그때가 되면 걸그룹들이 대거 컴백하죠. 만약 미루고 그때 컴백한다면 저들과 힘겨운 경쟁을 치러야 합니다."

이현지는 길게 한숨을 쉬었다.

"일단 방송국부터 가 보는 게 어떨까요? 직접 부딪혀 보는 게 나을 것 같네요."

그녀의 말에 강윤도 동의했다. 그는 서둘러 회사를 나섰다.

"말씀하신 대로 각 방송사 PD들에게 다 일러 놓았습니다. 지금쯤 스테이지 마련에 고심하고 있을 겁니다."

여 비서의 보고를 들으며, 강시명 사장은 옅은 미소를 지었다.

"수고했어요. 모처럼 마음에 드는군요. 양상철 PD가 큰 걸 물어다 줬어요. 민아 솔로 스테이지라니. 월드는 에디오스를 유닛처럼 쓸 생각인가 보군요. 정민아라면…… 아직 먹힐 수도 있겠어요."

강시명 사장은 여유 있게 커피를 마셨다. 은은한 향이 그의 기분을 더더욱 올려놓았다.

"하지만 방송무대를 마련하지 못한다면 컴백을 미뤄야 할 테고 그렇게 되면 곧 4월이 오겠죠. 그렇게 되면 걸그룹 사이에 끼어…… 후우. 시원하군요. 좋아요, 좋아."

강시명 사장은 큰 입을 양옆으로 주욱 찢었다. 루나스 때문에 홍대 공연장주들에게 지원금을 얼마나 퍼줬던가. 그 생각만 하면 아직도 손이 떨려왔다. 그런데 그걸 한 번에 갚아주게 되었으니 십 년 묵은 체증이 다 내려가는 것 같았다.

그는 문득 생각났다는 듯 물었다.

"은하는 어떻게 됐지요?"

"은하는 이미 출연 계약이 완료되어 그쪽에서 취소하지 않는 한 일방적으로 공연을 못 하게 할 명분이 없다 합니다. 그래서⋯⋯."

여 비서의 말에 강시명 사장은 괜찮다며 손을 내저었다.

"하여간, PD들이란⋯⋯. 은하 인기가 올라가니 내버리기 싫어서 그러겠지요."

"⋯⋯."

여 비서는 두려움에 살며시 뒤로 물러났다.

그걸 아는지 모르는지 만족스러운 표정을 지은 강시명 사장은 부드러운 표정으로 말했다.

"아무튼, 좋아요. 비서팀은 오늘 회식하러 가도록 해요. 내 카드 줄 테니까."

"감사합니다, 사장님."

강시명 사장은 즐거운 미소를 지으며 의자를 창가로 돌렸다.

♩ ♪ ♫ ♩

강윤은 DLE, SBB, HMC 모든 공중파 방송국을 돌아다니며 음악방송 PD들을 찾아갔지만 아무도 만나지 못했다. 전화 연락이 안 되는 것은 기본이었고 섭외팀과 작가들조차 외근이 있다며 모두 자리를 비우고 있었다.

"……음악방송 섭외팀에 외근이 어딨어."

HMC 방송국 로비를 나서며, 강윤은 기가 차 한숨을 내쉬었다. 그는 로비 한쪽에 있는 소파에 잠시 앉았다. 편안한 쿠션에 몸을 기대자 피로가 엄습했다.

'케이블 방송만으로는 부족한데…….'

강윤은 펜을 들고 여러 가지를 적어 나갔다.

–지상파 방송 확보 실패.

–케이블 방송만으로 어필하기는 절대적으로 무리다.

–새로운 수단이 필요함 → 쇼케이스? 아니면 다른 수단?

–자금이 많이 필요할 듯. 새로운, 새로운…….

생각나는 것들을 마구 적어가다 보니 복잡한 머리가 정리되어갔다. 과거로 돌아가기 전, 배웠던 획기적인 마케팅들도 조금씩 떠올랐다.

'그러고 보니 세이스에서 쇼케이스를 실황중계 한 적이 있었지? 그게 언제였지?'

현재, 다른 소속사들은 생각도 하지 않는 전략이었다.

국내 최대의 포털 사이트 '세이스'는 세계 최대의 동영상 전문사이트 '튠'을 흉내 내며 동영상 서비스를 시작했고 쇼케이스 실황중계를 홍보수단으로 활용했었다.

강윤은 저도 모르게 손뼉을 쳤다.

'좋아!'

강윤은 자리에서 일어나 이현지에게 전화를 걸었다.

이야기를 들은 이현지는 감탄사를 연발했다.

─……포털 사이트와 연계해 쇼케이스를 중계한다? 그렇게만 된다면 공중파에 버금가는 효과가 있겠네요. 거기에 쇼케이스의 내용이 좋다면 SNS와 연계해 파급효과도 상당할 테고. 문제는 시기네요. 준비 기간이 촉박할 것 같은데…….

"네. 그래서 급히 전화했습니다."

이현지는 잠시 뜸을 들이다 피로감이 깃든 목소리로 답했다.

─……알았어요. 자리를 마련해 보죠.

"아시는 분이 있으십니까?"

─이래봬도 전직 사장이었어요. MG면 꽤 큰 기업이죠. 맡겨줘요.

강윤은 이현지에게 감사하며 통화를 마쳤다.

그로부터 이틀 뒤.

강윤은 세이스의 본사가 있는 성남으로 향했다. 벤처기업들이 몰려 있는 유스펙토리에서 강윤은 세이스의 상무, 기승환을 만났다. 그는 마른 체구에 키가 큰 40대 중반의 남자였다.

"안녕하십니까. 기승환입니다."

"이강윤입니다. 처음 뵙겠습니다."

비서가 내주는 차를 마시며, 두 사람은 본격적으로 이야기를 시작했다.

"어제 보내주신 자료가 매우 인상 깊었습니다. 쇼케이스의 실황중계라……. 저희 내부에서 실시간 방송 콘텐츠를 제대로 준비해 보자는 말이 나왔었습니다. 하지만 비용 문제와 시청자 확보 문제 등 여러 가지 문제에 봉착한 상태였지요. 그런데 이렇게 좋은 기회가 생기다니…… 그저 감사할 따름입니다."

"그렇게 생각해 주시니 감사합니다. 세이스의 플랫폼과 우리 민아가 함께 좋은 시너지 효과를 볼 수 있었으면 좋겠습니다."

"이야기를 길게 끌 필요는 없겠군요."

기승환 상무는 매우 쿨했다. 그는 이미 서류에서 깊은 인상을 받았는지 더 자세한 설명을 요구지도 않았다.

돈 문제는 추후에 협의하자는 이야기를 하고는 두 사람은 쇼케이스에 대한 업무를 제휴했다. 강윤은 일이 너무 쉽게 끝나자 오히려 허탈한 마음이 들 정도였다.

본 일이 끝나자 기승환 상무는 바쁜 일이 있다며 가버렸다.

'쿨하네……'

강윤은 헛웃음이 나왔다. 그래도 일이 잘 풀린 것 같아 기분이 좋았다.

비록 중간에 진통은 있었지만, 정민아의 솔로 앨범은 나올 준비를 마치고 쇼케이스 카운트다운에 들어갔다.

"그래서 이렇게……."

스튜디오에서 강윤은 김재훈과 전국 투어 콘서트에 관해 대화를 나누는 중이었다.

김재훈은 자신이 생각하는 콘서트에 대해 이야기했고 강윤은 그것에 살을 덧댔다. 아직 구체적인 윤곽도, 시기도 나오지 않았지만, 콘서트라는 말은 김재훈의 활기를 돋게 했다.

대화가 한창일 때, 스튜디오 문이 벌컥 열리며 정민아가 달려 들어왔다.

"민아야, 왜 그래? 무슨 일 있니?"

강윤은 자리에서 벌떡 일어났다. 정민아는 거칠게 숨을 몰아쉬며 강윤을 올려다봤다. 체력 좋은 그녀가 연습장이 아닌 일상에서 숨을 몰아쉬는 일은 드문 일이었다.

"헉, 헉…… 아저씨! 이번, 이번에…….

"쉬었다 말해."

"아니, 아니에요. 후, 후…… 이번 컴백 스테이지, 케이블밖에 없다는 거…… 사, 사실이에요?!"

정민아의 목소리는 거칠었다.

그녀는 크게 동요하고 있었다. 에디오스의 리더로서 팀원들의 마음을 잡아야 했기에 약한 마음을 숨겨왔던 그녀였지만, 지금은 그 마음을 숨기지 못했다.

김재훈도 처음 듣는 이야기에 놀라 동공이 확장되었다.

강윤은 그 마음을 아는지 모르는지, 덤덤히 말했다.

"맞아. 사실이야."

"네에?!"

정민아는 기가 막혔다. 그녀의 상식에 아이돌 가수가 방송 무대 없이 컴백을 한다는 말은 있을 수 없는 일이었다. 그런데 공중파 3개 방송에서 컴백 스테이지가 없다니!

"그, 그럼 어떡해요?! 혹시 시기를 미루는 건가요?"

"민아야. 일단 진정하자. 저쪽에 앉을까?"

강윤은 흥분한 상태의 정민아를 진정시키며 소파에 앉혔다. 얼굴을 보니 분장도 제대로 지워지지 않은 상태였다. 뮤직 비디오 촬영이 끝나자마자 바로 달려온 게 분명했다.

'부리나케 달려왔나 보네. 그럴 만하지.'

강윤은 정민아에게 차가운 물을 가져다주었다. 그녀는 단숨에 벌컥벌컥 넘기며 숨을 골랐다. 찬물이 들어가니 진정이 조금 되었는지 정민아의 거친 숨이 조금은 잦아들었다.

김재훈이 대화에 방해가 된다는 생각에 조용히 자리를 비우자, 그제야 강윤은 차분한 어조로 말했다.

"방금 말했지만, 컴백 스테이지를 위한 방송무대는 하나밖에 없어. 공중파 시간을 확보하지 못했거든."

"……으으. 혹시 지민이 데뷔할 때와 같은 전략인가요?"

혹시나 희망이 있을까란 생각에 물었지만, 강윤은 고개를 저었다.

"지민이는 좀 더 시간을 오래 할당받기 위해 우리가 일부러 방송사 한 곳에서만 독점으로 컴백 스테이지를 만든 거였어. 하지만 지금 이 상황은 우리가 주도하는 게 아니라 그렇게 하긴 힘들 거야."

"하아…… 그럼 어떡하죠? 컴백 스테이지 효과가 작은 게 아닌데……."

첫 주의 임펙트는 무척 컸다. 그 효과를 극대화시키지 못한다면, 성공도 쉽지 않을 터. 그런데 컴백 스테이지가 하나밖에 없다니……. 아무리 열심히 준비했고 자신 있다지만,

소속사 힘이 약해서 무대를 가질 수 없다는 데서 오는 압박은 무서웠다.

그녀의 표정을 본 강윤은 확신 어린 얼굴로 말했다.

"민아야. 이 부분은 나한테 맡겨. 이건 내 일이지 네가 걱정해야 할 게 아냐."

"하지만…… 지금 상황이……."

차마 정민아는 '그렇게 태평한 소리를 할 때가 아니잖아요'라고 말하지는 못했다. 강윤을 믿었지만, 상황이 그리 만만해 보이질 않았다.

그러나 강윤은 차분했다.

"방송 무대보다 훨씬 좋은 무대를 준비해 놨어. 그러니까 걱정하지 않아도 돼."

걱정 어린 정민아의 눈이 조금은 미묘해졌다. 방송 무대보다 효과적인 무대라니? 하지만 불안을 잠재우기엔 아직 무리였다.

"아저…… 사장님. 제가 잘은 모르지만, 우리 아이돌 가수가 괜히 방송 무대에 목숨 거는 게 아니라는 건 아시잖아요. 음악방송 출연료는 20만 원 정도밖에 안 돼도, 출연으로 얻는 홍보 효과는 엄청나니까 서로 나가려고 하는 거잖아요."

리더로서 정민아는 여러 가지를 생각하고 있었다. 연습생 때의 왈가닥했던 모습과 오버랩되며, 이렇게 성장한 그녀가 강윤은 대견했다. 그는 정민아의 어깨를 가볍게 두드려 주었다.

"맞아. 우리 민아, 멋있네. 그런 생각도 다 하고."

"지…… 지금 그게 중요한 게 아니잖아요."

강윤의 이런 부드러움이 좋아 정민아는 말을 더듬었다. 그러나 지금 중요한 건 그게 아니었다. 강윤도 그걸 알았다.

"민아야. 네 일은 뭐지?"

"저야…… 가수니까 무대에 서서 사람들에게 멋진 무대를 선보이는 거죠."

"그럼 내가 할 일은 뭘까?"

"아저씨요? 음……?"

그녀는 잠시 생각하다 말했다.

"소속사 사장님이니까, 가수가 잘 노래할 수 있게 해주는 거?"

"그럼 지금 상황은 어떻지?"

"노래하기 힘든 상황이죠."

"그걸 푸는 게 내 일이야. 너는 네 일에만 집중하면 돼. 이미 다 방법을 마련해 뒀어."

"어떻게요?"

강윤의 이어진 설명에 정민아의 표정이 조금 전보다 눈에 띄게 밝아졌다. 하지만 한편으론 걱정되는지 약간의 근심이 어려 있었다.

다음 날 아침.

이현지는 강윤이 올린 예산안을 보며 깊은 한숨을 내쉬었다.

"……이거 예상치 못한 자금이 들어가네요."

강윤이 급하게 올린 예산을 보며 이현지는 깊은 한숨을 내쉬었다.

"필요할 때는 과감하게 써야 합니다."

"맞아요. 하지만……."

이현지는 이를 부드득 갈았다. 사실상 지상파 음악방송에서 정민아를 보이콧하는 바람에 들어가는 예산 아닌가? MG 엔터테인먼트 시절에는 상상도 할 수 없는 일이었다.

"이사님."

"아, 미안해요. 그 PD 나부랭이들 생각하다 그만……."

강윤은 등골이 서늘해졌다. 간혹 화끈한 면을 보이는 이현지를 마주하면 몸이 부르르 떨려오곤 했다.

"삼성동 엑스티홀? 이거 스케일이 너무 커지는 거 아닐까요?"

이현지는 그녀대로 강윤에게 겁을 냈다. 차분하다가도, 화끈할 때는 백두산 폭발 급이었다.

엑스티홀은 대관료부터가 다른 곳과는 차원이 달랐다. 시설은 말할 것도 없고 수용 인원에 교통까지. 무엇 하나 부족한 것이 없는 최상급 시설이었다. 다이아틴 같은 최상급 아이돌 가수나 블록버스터급 드라마 제작발표회가 열리는 장소였다.

"이렇게 된 바에야 제대로 해야 합니다. 동원할 수 있는 인원들 모두 불러서 제대로 불을 당겨버리는 겁니다."

"취지는 좋은데, 그 넓은 공간을 다 채울 수나 있을까요? 언제 적 에디오스라고……."

이현지는 회의적이었다. 이제 산소 호흡기 졸업하고 자력으로 조금씩 숨쉬기 시작했다. 만약 거하게 벌린 쇼케이스에 빈자리가 많다면, 기자 탈을 쓴 하이에나들이 어떻게 나올지 몰랐다. 그렇게 된다면 에디오스의 부활은커녕 스스로 묏자리를 알아보는 것과 같았다.

그녀의 걱정에, 강윤은 차분하게 말을 이어갔다.

"돈이 좋다는 게 뭐겠습니까. 우리가 할 수 있는 모든 역량을 쏟아야죠. 재훈이부터 지민이, 에디오스, 하얀달빛에 주변 인맥들도 동원하고…… 그게 부족하다면 돈이라도 뿌려서 사람들을 끌어모을 생각입니다. 당연히 주가 되는 민아 공연은 말할 것도 없죠."

"……쇼케이스 한 번에 거지꼴을 못 면하겠군요."

농담처럼 이야기했지만, 이현지의 마음은 타들어갔다. 살림을 하는 안주인의 마음은 이랬다. 하지만 강윤은 그녀의 마음을 아는지 모르는지 과감하게 내질렀다.

"지금은 유보금보다 미래를 위해 투자해야 할 시점입니다. 에디오스가 안 될 거라 생각하지 않습니다. 과정이 힘든 것뿐입니다. 조금만 절 믿고 견뎌 주십시오."

"……그렇게 말하면 방법이 없군요. 사장님이 그렇게 말한다면야, 맞겠죠."

사장이 이렇게까지 나오는데 더 뭐라 말을 할 수가 없었다. 이현지는 진한 한숨을 내쉬며 결재란에 사인을 했다. 사인을 하는 그녀의 손이 가늘게 흔들렸다.

'……내 그 PD들 다 요절을 내리라…….'

서리와 관련 없는 계절이었지만 월드엔터테인먼트에는 하얀 서리가 내렸다.

팬들에게 알려진 주아의 취미는 여행이었다.

휴식기마다 주아는 유럽이나 미국의 유명한 도시들을 돌아다녔다. 그리고 찍은 사진들을 자신의 홈페이지에 올리며 반응을 지켜보는 것을 즐겼다. 간혹 고소를 부르는 글도 있기는 했지만, 사람들의 반응을 보는 일은 즐거웠다.

그녀가 이번 여행지로 결정한 곳은 중국의 시안성이었다. 당나라의 수도이자 중국 최초의 통일왕조 진나라의 수도로 유명한 관광지이기도 한 곳으로 매니저와 함께 여행을 떠났다. 그리고 그곳에서 오랜 기간 촬영 중인 후배, 민진서를 만났다.

"우리 진서! 간만이야."

주아는 자신을 보자마자 달려와 가볍게 안기는 후배의 등을 다독였다. 키가 자신보다 한 뼘은 큰 후배였지만, 여전히 그녀에겐 귀여운 후배였다.

"언니. 오랜만이에요. 잘 지내셨어요?"

"그래, 요년아. 으이구. 어라? 선탠 했니? 더 예뻐진 것 같다?"

"언니도 더 말랐어요. 다이어트 하셨어요?"

얼굴이 살짝 그을린 민진서의 모습에 주아는 웃었다. 칭찬으로 시작된 릴레이는 여느 여자들이나 똑같았다.

그녀가 아끼는 후배는 몇 되지 않았다. 회사에서 주아를 존경한다며 따르려는 연습생들이나 가수는 많았지만 눈에 차는 후배들은 거의 없었다. 실력이 되면 성격이 별로였고 성격이 좋으면 독기가 없는 등 어딘가 부족한 후배들이 눈에 쉽게 찰 리가 없었다.

그런데 민진서는 드물게 모든 걸 갖춘 후배였다. 분야는 다르지만 주아가 인정하는 몇 안 되는 후배 중 하나였다.

매니저가 자리를 비우자, 두 사람은 찻잔을 기울이며 이야기를 시작했다. 주로 활동하는 영역에 대한 이야기였다. 주아는 일본, 민진서는 중국이라는 전혀 다른 무대에서 활동하다 보니 모르는 것들이 많았다. 에피소드들과 함께 다양한 정보들이 오가며 웃음이 터지니 시간 가는 줄 몰랐다.

"진서야. 이번 영화 촬영 길다. 언제쯤 끝나?"

"모르겠어요. 배우가 또 바뀌어서…… 시간이 더 걸릴 것 같아요."

"에? 아직도?"

무슨 촬영이 이렇게 기냐며 주아가 한숨을 짓자 민진서는 고개를 저었다.

"할 수 없죠. 영화라는 게 투자자 입장도 생각해야 하고 상황에 따라 여러 가지가 바뀌거든요. 한국이나 여기나 그건 크게 다르지 않은 것 같아요."

"그런데 너 같은 애를 너무 오래 붙잡는 거 아냐? 계속 시안을 기반으로 움직이려면 피곤할 텐데. 상해로 가던가 해야지 원."

주아의 말에 민진서는 옅은 웃음을 보낼 뿐이었다. 회사에서 마음을 터놓을 수 있는 몇 안 되는 사람을 만나니 마음이 조금은 편안해졌다.

한국에 관해 이야기를 하다 보니 에디오스 이야기가 나왔다. 민진서도 에디오스가 월드엔터테인먼트에 있다는 걸 이미 알고 있었다. 에디오스 멤버들이 하나둘씩 활동을 재개했고 결과가 매우 좋다는 이야기를 듣자 반가워했다.

"언니들 문제는 선생님이라면 어떻게든 해줄 거라 생각했어요. 잘되어 가는 것 같아 다행이에요."

"그 애들도 이제 제자리 찾아가는 것 같아. 다들 편안해 보이더라고."

"그래요? 조금…… 부럽네요."

민진서의 조금은 슬픈 표정에 주아가 살짝 안색을 굳혔다.

"왜? 너도 가고 싶어?"

"……언니. 저 촬영 있어서 가봐야겠어요."

시계를 보더니, 민진서는 갑자기 자리에서 일어났다.

"에? 그런 말 없었잖아."

"이만 가볼게요."

그녀는 꾸벅 인사하고는 카페를 나섰다.

"하여간. 쟤는 속을 알 수가 없어."

홀로 남겨진 주아는 눈을 껌뻑였다. 민진서라는 후배의 속은 여전히 알 수가 없었다.

큰 자금을 투자해 엑스티홀 대여를 결정한 강윤은 홍보 전략 구상에 열을 올렸다. 세이스와 연계해 포털 사이트 메인에 제대로 쇼케이스에 대해 알리고 각종 음원 사이트에도 광고를 올렸다. SNS와 연계하는 방식을 주로 썼던 기존의 월드엔터테인먼트의 홍보 방식과는 완전히 다른 방법이었다. 자금을 제대로 투자하고 있는 것이다.

강윤과 정민아는 홍보영상 촬영을 마치고 귀가하는 길이었다.

"······갑자기 스케일이 확 커지는 기분이에요."

조수석에 앉은 정민아는 상기된 표정이었다. MG엔터테인먼트 시절에도 엑스티홀이나 세이스와는 크게 인연이 없었다. 그런 곳에서 쇼케이스를 하기도 전에 미국으로 진출해 버렸기 때문이었다.

강윤은 교통 체증으로 차가 막히자 사이드 브레이크를 올리며 말했다.

"홍보를 하려면 제대로 해야지. 말했잖아. 맡기라고."

"괜한 걱정을 한 것 같아요. 방송무대, 까짓것!"

정민아의 목소리에는 흥분이 어려 있었다.

강윤이 믿고 맡기라 했지만, 마음 한구석에는 근심이 있었다. 하지만 이렇게 거대한 홍보를 준비하고 있을 줄은 생각도 하지 못했다. 세이스라는 포털 사이트의 위력은 정민아가 누구보다도 잘 알았다.

"아저씨, 다음에는 트위서 같은 데랑 제휴해서 하면 어떨까요?"

"하하하. 그것도 괜찮겠다."

이제 한국만 국한된 시대가 아니었다. 더 큰 무대를 노리자면 응당 해야 할 일이기도 했다. 이미 많은 연예인들이 개인 계정, 공식 계정 등으로 활동하고 있었다.

교통 체증은 쉽게 풀릴 기미가 보이지 않았다.

"차가 많이 막히네."

스케줄이 있는 건 아니었지만, 도로에서 시간을 흘리는 건 사양이었다.

그때, 정민아가 라디오를 켰다. 라디오에서는 여성 DJ가 편안한 음성으로 음악에 대해 소개하며 과거의 좋은 음악을 들려주고 있었다.

"목소리 좋네."

"그쵸? 저도 그 생각했어요."

라디오 DJ에 대한 이야기를 하다가 정민아가 불쑥 말했다.

"리스가 라디오 DJ에 관심이 있어요."

"리스가? 하긴, 그 애는 조곤조곤 말하는 걸 좋아하긴 했지. 한유도 그렇고."

"맞아요. 가끔 둘이 저러고 노는데 디게 웃겨요. 한 번도 못 보셨죠?"

이른바 디제이 놀이라 했다. 멘트 연습할 때도 좋고 장난칠 때도 좋다며 둘은 그러고 논다 했다.

"건전하게 노네. 넌 뭐하고 노니?"

"저요? 레슬링?"

"……혹시 초크슬랩 같은 기술 거는 그거니?"

"당연하죠."

너무도 태연히 들려오는 답에 강윤은 말문이 막혀 버렸다.

'사…… 상상하면 안 돼!'

프로 레슬링을 그냥 하겠나? 갑자기 비키니 같은 타이트한 레슬러 복장을 한 정민아를 상상하니 얼굴이 화끈거렸다.

그걸 아는지 모르는지, 정민아가 결정타를 날렸다.

"삼순이하고 같이 놀면 재미있어요. 그 애가 운동 신경이 좋거든요. 엎치락뒤치락하다 보면 하루 스트레스가 쫘악……."

"……."

"아저씨? 왜 얼굴이 빨개요?"

너 때문이야.

강윤은 차마 그렇게 말할 수가 없었다.

쇼케이스 날짜는 3월 3주 차 목요일이었다.

KS TV에서의 컴백 스테이지와 겹치는 날이기도 했다. 덕분에 강윤이나 정민아, 심지어 회사에서 잘 움직이지 않는 이현지까지 모두 나섰다. 강윤은 정민아와 함께 움직였고 이현지는 엑스티홀에 먼저 가서 세이스 관계자들과 쇼케이스 준비를 위해 엑시티홀로 향했다.

강윤은 KS TV 대기실에 있었다.

"후우, 후우."

드레스 리허설을 마친 정민아는 컴백 스테이지 촬영을 기다리며 심호흡을 했다. 강심장을 가진 그녀였지만, 오랜만에 서는 무대는 긴장을 불러왔다.

강윤은 그녀와 적당히 떨어져서 홀로 마음을 다질 수 있게 해주었다.

그런데, 정민아가 강윤을 불렀다.

"아저씨."

평소라면 한마디 했겠지만, 지금은 달랐다. 강윤은 바로 다가갔다.

"······왜?"

"히히. 뭐라 안 하시네요?"

"······무슨 일인데?"

"히히히히. 그냥요."

강윤은 어이가 없었지만, 그녀 나름대로 긴장을 푸는 방식이라 생각하고 이해했다.

"저 잘할 수 있겠죠?"

"당연하지."

"······."

정민아는 흔들림 없는 강윤의 눈을 마주했다. 그렇게 잠시, 두 사람은 눈을 마주했다.

그때, 문 두드리는 소리가 들려왔다.

"민아 씨! 본 무대 준비해 주세요!"

"네!"

정민아는 자리에서 일어났다.

"그럼 가 볼까?"

"네."

두 사람은 함께 무대로 향했다.

강윤을 뒤로 하고 정민아는 조심스럽게 무대에 올랐다. 녹화 스테이지였지만, 이미 밑에는 팬들로 꽉 들어차 있었다.

'아······.'

무대에 오르자마자 눈에 띈 것은 플래카드였다. 그녀는 한쪽에 팬클럽들이 들고 있는 메시지들을 보며 가슴이 뛰었다.

-민아야! 기다렸다!
-나 군화 안 꺾었다
-사랑한다~ 정민아♡

수많은 메시지가 있었다. 정민아는 저도 모르게 멍해졌다. 혹여나 아무도 몰라주면 어쩌나 하는 두려움이 있었는데……

그때, 그녀의 귀로 PD의 말이 들려왔다.

-민아 씨. 곧 무대 시작할게요.

정민아는 바로 무대에 섰다. 둘러보니 이미 댄서들은 준비를 마친 상태였다. 그녀는 어색한 미소를 지으며 자신의 위치에 섰다.

그녀가 준비를 마치자 브라스 소리가 무대 전체를 울리기 시작했다.

-Ah ah ah ah ah Come on~ Come on Ah ah ah ah ah Come on do it

정민아는 한쪽 무릎을 꿇고 앉아 고개를 숙였다. 그리고 가볍게 리듬에 맞춰 몸을 흔들며 자리에서 일어났다. 비보잉의 콤비네이션을 연상케 하는 스텝을 밟아가며 가볍게 웨이브를 탔다. 그녀의 가는 허리가 웨이브를 타며 아름다운 선을 만들어갔다.

남자의 힘, 그리고 여성의 선까지 두루 갖춘 퍼포먼스였다.

"뭐지?"

"있어 보이는데?"

타 가수의 팬들도 언니 포스를 뿜어내는 정민아에게 빠져들기 시작했다.

ㅡ서두르지 마 언제까지나 기다릴게~

이제 초반 포인트였다. 정민아는 스텝을 밟아가다 팔꿈치를 바닥에 대며 몸을 거꾸로 일으키곤, 다리를 사선으로 뻗었다. 비보잉의 파워무브, 엘보우였다.

"꺄아아악! 저거 뭐야?!"

"완전, 완전! 대박!"

생각지도 못한 반전이었다. 그 한 번에 이미 여자들은 대부분 넘어갔고 남자들은 정민아의 에너지와 은근히 내비치는 여성미에 입을 벌렸다.

정민아와 함께하는 댄서들도 어려운 안무를 선보이며 정민아를 돋보이게 해주었다.

점점 노래가 진행될수록, 관객들은 들고 있던 풍선이며 핸드폰들을 들며 소리를 높였다.

"우와아아~!"

소위 센 언니 캐릭터는 특정 마니아들을 제외하면 남자들의 선호도가 높지 않은 편이다. 그러나 정민아는 그 센 언니 캐릭터와 남자들이 좋아하는 섹시미를 가진 캐릭터의 중간에 있었다. 그렇다고 어중간하지도 않았다. 스스로의 개성이 있었다. 무대 의상도 심한 노출보다 언뜻언뜻 보이는 것에 초점을 맞춰 눈길이 더 가게 만들었다.

분위기는 계속 뜨겁게 타올랐다. 뜨거워지는 분위기 속에 관객들은 일어난 지 오래였고 뒤의 스태프들 중에서도 춤을 따라하는 이들까지 생겨났다.

'반응이 좋은데?'

강윤은 진한 미소를 지었다. 컴백 스테이지라고 특별히 시간을 더 할당받은 것도 없었다. 말 그대로 순수한 무대로 좌중을 압도하고 있었다. 지금까지 에디오스의 정민아가 보여준 것과는 판이하게 다른 것을 보여주는 것에서 오는 반전도 한몫 했다.

절정을 넘어, 정민아가 허리에 손을 얹고 관객들을 돌아보며 강렬한 눈빛을 쏘아 보냈다. 그렇게 3분이 약간 넘는 컴백 스테이지는 끝이 났다.

"감사합니다."

"와아아아아아아아~! 정민아! 정민아!"

"한 곡 더! 한 곡 더!"

방송무대에서 이런 경우는 없었다. 팬들도 다음 무대가 있다는 걸 알았지만, 외치지 않을 수가 없었다. 3분이라는 짧은 시간 만에 정민아를 보내기에는 너무 아쉬웠다.

정민아는 난감해하다가 마이크를 잡았다. 그 행동만으로도 관객들은 소리치며 환호했다. 뒤의 AD가 무슨 행동인지 몰라 달려 나왔다.

"더 보여드리고 싶지만…… 다른 분들도 계시니까 짧게 말할게요. 제 무대가 삼성동 엑스티홀에서도 있어요. 홍보는 원래 안 되지만, 방송무대에서 보여드리는 게 이게 마지막이라서…… 그쪽으로 와 주시면 모든 걸 보여드릴게요. 끝나고 오시면 시간이 맞을 거예요. 감사합니다!"

정민아는 바로 AD에게 마이크를 넘기곤 무대 뒤로 사라졌다.

그 순간 관객석이 술렁이기 시작했다.

"삼성동? 언제야?"

"7시다! 쇼케이스야!"

"방송 무대는 왜 없지? 아, 너무 먼데! 그래도 간다!"

팬들이 보니 포털 사이트 '세이스'의 메인 화면에 '정민아 쇼케이스' 배너광고가 떡하니 자리 잡고 있었다. 다음 무대가 있음에도 팬들은 웅성거렸다. 그만큼 정민아가 보여준 임팩트는 컸다.

팬들에게 폭탄을 던져놓고 정민아는 강윤에게로 왔다.

강윤은 그녀에게 수고했다는 말 대신, 거칠게 머리를 비볐다.

"아야야야! 아저씨! 왜 그래요?!"

"너, 진짜……."

생각 같아서는 한 대 때리고 싶었다. 여기서 홍보를 하다니. 정민아의 돌발행동에 강윤은 PD에게 사과했다. 다행히 방송무대가 더 없다는 걸 알고 PD는 이해해 주었다. 무대 반응이 워낙 좋아서 그런 것도 있었지만…….

강윤은 서둘러 방송국을 나섰다. 정민아는 엉망이 된 머리를 매만지며 투덜댔다.

"아아. 아저씨. 머리가 이게 뭐예요."

"어차피 거기 가서 머리부터 발끝까지 다 다시 꾸밀 거야. 이 사고 덩어리야."

"사고 덩어리라뇨!"

정민아는 발끈했다. 덩어리라는 말에 민감한 그녀였다.

이미 무대의 반응이 매우 좋아서 정민아는 마음이 즐거웠다.

그렇게 그들은 쇼케이스가 있는 엑스티홀로 향했다.

오늘은 오일장이 열리는 날이었다.

모던파머의 출연진들은 마을에서 직접 수확한 사과를 팔기 위해 장에 나섰다.

"우와아~!"

처음 마주하는 오일장의 정겨우면서도 활기찬 모습에 유나윤은 절로 탄성을 질렀다. 평생을 도시에서 자라온 그녀에게 이런 오일장은 낯설면서, 진한 호기심을 자아냈다.

"저기 떡볶이, 떡볶이!"

"맛있겠다!"

동갑내기 김현정과 예리는 식욕을 자극하는 떡볶이 포장마차와 그 옆에 늘어선 거리 음식들에 침을 꿀꺽 삼켰다. 순대부터 부침개 등 각종 음식의 향연이 모두를 출출하게 만들었다.

"피디니임~"

윤슬기가 애교 어린 표정으로 배고픔을 어필했지만, 여운현 PD는 말없이 돌아서며 매몰찬 거부 의사를 표했다. 능력이 되면 주어진 돈으로 알아서 해결하라는 의미였다.

"……잔인해."

윤슬기는 땅을 차며 투덜거렸다. 카메라에 그녀의 투정이

고스란히 담겼다.

그렇게 떡볶이와의 눈물 어린 이별을 한 모두는 사과를 팔기 위해 미리 봐 놓은 공터로 이동했다.

출연진들은 두 팀으로 나뉘었다. 팀을 나눠 어느 팀이 더 사과를 많이 파는지 경쟁을 하기로 했다. 수익금으로 저녁거리를 마련하고 진 팀은 피곤한 몸을 이끌고 저녁을 준비하는 잔인한 내기였다.

"우리가 이긴다!"

"질 수 없지!"

팀이 갈라진 미리와 예리는 눈을 불태우며 의지를 다졌다. 동갑내기인 두 사람은 라이벌 의식이 있었다. 서로가 한 밥을 먹고 말겠다며 으름장을 놓았다.

모두가 눈에 불을 켜고 사람들을 끌어모으기 시작했다. 카메라가 도니 촬영이라는 걸 안 사람들이 구경을 위해 자연스럽게 모여들었다.

하지만 돈을 쓰는 건 다른 문제였다.

"이쪽으로 오세요. 사과가 맛있어요."

"……."

미리가 쭈뼛대며 주변을 맴도는 남자에게 적극적으로 어필했지만 그는 평소보다 비싼 사과값에 놀랐는지 몇 번을 망설이다 가버렸다.

'아씨······.'

방송 어드벤티지 효과로 장사가 조금은 수월할 줄 알았는데, 생각만큼 쉽지 않았다. 게다가 이곳은 시골이었다. 아이돌 가수보다 왕년에 잘나갔던 송학태 같은 이가 더 인기 있는 그런 곳!

모던파머가 이미 전파를 타고 있었지만, 출연진들이 그리 알려진 편이 아닌지 모두의 성과는 그리 신통치 않았다.

그러나 어디에나 예외는 있었다.

"네, 어서 오세요. 어머니, 얼마나 드릴까요?"

"이거, 이거. 골라도 되나요?"

"물론이죠. 그거보다 이게 더 빛깔이 고와요."

"그러게. 이걸로 주세요. 어머나. 귀여운 처자가 장사도 잘하시네."

"감사합니다."

이삼순! 또 그녀였다.

깐깐한 시골 아주머니들은 그녀가 있는 팀으로 죄다 몰리고 있었다. 어린 아가씨가 싹싹한데다 귀엽고 일도 잘한다.

시간이 갈수록 장을 보는 사람들이 죄다 그녀에게로 몰려들었다.

'쟨 정체가 뭐야?'

출연진들 모두가 장사도 잘하는 이삼순에게 입을 쩌억 벌렸다. 그 장사의 성과? 이미 이삼순의 할당량은 텅 비어서 옆에 있던 나엘의 것까지 대신 팔아주고 있었다.

"자자! 날마다 오는 사과가 아니에요! 거기 어머니!"

"사~과! 사과! 사과가 왔어요!"

나엘은 어느새 이삼순에게 빠져들어 그녀의 장사를 돕고 있었다.

'오늘도 큰 거 하나 건졌다!'

여운현 PD는 쾌재를 불렀다. 이삼순이 뭔가를 하면 편집할 게 없었다. 게다가 이번엔 혼자가 아니라 나엘까지. 그에겐 그녀가 복덩이였다.

'질 수 없지!'

이삼순의 활약에 다른 출연진들도 눈에 불을 켜기 시작했다.

그날, 사과 장사는 성황리에 마무리되었다. 분량은 물론이요, 성과도 모두 잡은 촬영이었다.

삼성동 엑스티홀.

인기 예능전문 방송인 타요를 MC로 한 정민아의 쇼케이스가 시작되었다.

출연료가 상당한 타요였지만, 에일리와 어린이 프로그램을 하게 된 인연으로 출연료를 많이 줄여주었다. 원래 나가야 할 지출이 반의반 정도였다. 에일리의 생각지도 못한 공이었다. 덕분에 에일리를 바라보는 이현지의 눈빛이 매우 부드러웠다.

타요는 재치 있는 말투로 오프닝을 열 가수, 은하를 소개했다.

"안녕하세요? 은하입니다."

김지민이 나오자, 사람들은 박수로 맞아주었다. 에디오스와 같은 소속사 가수라는 것만으로도 모여 있는 사람들에겐 플러스로 먹고 들어가는 효과가 있는지 박수는 매우 컸다.

"싱그런 햇살~ 이 거리를 함께 걷고 싶어~"

그녀의 풍부하면서 약간은 허스키한 목소리가 무대를 진하게 울렸다. 발랄하게 분위기를 띄워주는 노래에 사람들도 함께 마음을 열어갔다.

세이스에서 마련한 10대가 넘는 카메라들도 정신없이 돌아갔다. 눈을 감고 열창하는 김지민의 모습부터 야광봉을 들고 은하를 외치는 관객들의 모습까지, 하나하나가 실시간으로 세이스를 통해 송출됐다.

그 시각, 강윤은 무대 뒤편에서 이현지와 함께 있었다.

"정신이 없네요."

이현지는 지친 몸을 벽에 기대며 길게 한숨을 쉬었다. 강윤이 방송국에 있는 동안 그녀는 엑스티홀에서 리허설을 비롯한 모든 준비를 했다. 김지민을 비롯해 김재훈, 다른 가수들을 무리 없이 이끈 공은 그녀에게 있었다.

강윤은 엷게 웃었다.

"고생하셨습니다."

"아직 그런 말을 들을 때는 아닌 것 같네요. 쇼케이스는 이제 시작이니까요."

"그렇긴 하군요. 그래도, 저 없는 동안 고생 많이 하셨습니다."

만약 이현지가 없었다면 어땠을까? 강윤은 도무지 상상이 되지 않았다. 그녀가 있었기에 이곳을 비우고 방송국에 온전히 신경을 쓸 수 있었다. 이런 동료는 결코 쉽게 얻을 수 있는 게 아니었다.

이현지는 손을 저으며 말했다.

"아아, 다음은 없어요. 공연 일은 다 사장님, 사장님이 하세요. 난 영업을 열심히 뛰겠어요."

"하하하."

그녀는 아주 질렸는지 고개를 세차게 흔들었다.

순하기 그지없는 김재훈도, 그 착하던 김지민도 무대에 오르기만 하면 사람이 정반대로 변해 버렸다. 드라이, 드레스,

카메라 리허설을 거치며 그녀는 가수의 까칠함을 제대로 만 끽할 수 있었다.

"윙윙댄다? 낮다? 높다. 내가 듣기엔 다 그 소리가 그 소 리 같던데. 가수들은 뭐에 그렇게 민감한지 모르겠더군요. 내가 엔터테인먼트 사장이 맞는지…… 한심하더군요. 공부 를 더 하든가 해야지……."

"일반인과 수준이 같다면 가수라 말하기 힘들겠죠."

"그건 그렇네요."

어느새 김지민의 공연이 끝을 향해 달려가고 있었다. 공연 에 빠져든 관객들은 열렬히 환호하며 은하의 노래를 따라했 고 김지민은 거기에 더 힘을 받아 마지막까지 제대로 마무리 를 지었다.

"감사합니다."

"와아아아~!"

김지민이 인사를 하고 퇴장하자, 다시 타요가 등장했다. 이제, 본격적으로 정민아가 등장해야 할 차례였다. 그는 분 위기가 달아올라 있자 긴 멘트 없이 정민아를 소개했다.

타요의 소개와 함께, 정민아가 등장하자 그녀를 보기 위해 온 사람들의 환호 소리가 엑스티홀을 가득 울렸다.

"이제 시작이네요."

이현지는 간단하게 인사를 하고 준비하는 정민아를 보며

숨을 죽였다. 강윤도 마찬가지였다.

곧 브라스 소리와 함께 정민아가 스텝을 밟기 시작했다. 그리고 첫 포인트 안무인 엘보우를 선보이자 엑스티홀이 함성으로 뒤덮였다.

이현지는 만족하면서도, 걱정스럽게 말했다.

"멋진 춤이네요. 사람들 반응도 좋고. 그런데 저 동작, 몸에 무리가 많이 갈 것 같아서 걱정이군요."

강윤도 이미 생각하고 있는 부분이었다.

"맞습니다. 저 춤으로 오래 활동을 하기는 무리죠. 애초에 방 단장님에게 정돈된 무대에서만 보일 수 있는, 그리고 무엇보다 강한 퍼포먼스를 만들어 달라 요청했습니다. 애초에 비보이나 비걸은 항상 부상을 달고 사는데, 민아까지 그 꼴을 당하게 할 순 없죠. 2주면 활동이 끝나니까 괜찮을 겁니다."

"그렇다면야……. 그런데 활동 기간이 너무 짧지 않나요?"

"자극은 오래 끌면 효과가 떨어집니다. 어차피 민아는 손해를 감수하는 공연이니까요."

진짜 목적은 에디오스였다. 유닛만으로 돈을 벌기 위한 목적이 아니었다. 에디오스로 모든 걸 감내하리라. 그의 생각이었다.

이현지는 알았다고 하면서도, 걱정하는 어조로 이야기 했다.

"그래도 꾸준히 이익을 봐왔는데, 민아 일은 아쉽네요. 사장님이 다시 열심히 일하셔야겠어요."

"그래야죠."

이현지는 계속 예산에 아쉬움을 드러냈다. 무슨 수를 내서든 항상 이익을 내왔던 강윤이기에 더 그랬다. 하지만 이번 건은 투자를 제대로 해야 했기에 어찌할 도리가 없었다.

두 사람이 여러 가지 이야기를 하는 동안, 정민아의 무대가 끝이 났다.

"감사합니다!"

"와아아~! 정민아! 정민아!"

정민아의 인사가 이어지자, 에디오스 팬클럽 아리에스에서 시작된 연호가 삽시간에 엑스티홀을 뒤덮었다. 타요가 잠시 진정되길 기다렸지만, 뜨거운 열기를 식히기에는 시간이 모자랐다.

결국, 정민아가 멋쩍은 듯 웃으며 손을 아래로 내리니 그제야 이름을 부르는 게 멈췄다.

타요와 함께한 자리에 정민아는 본격적으로 토크를 시작했다. 그는 매끄러운 진행으로 정민아에게서 팬들이 궁금해하는 것들을 끌어냈다. 처음에는 어떻게 지냈느냐는 간단한

것부터 점차 중요한 에디오스에 대한 이야기로, 화제가 옮겨
갔다.

"음…… 일단 제가 잘되면?"

"하하하하."

에디오스가 언제 복귀하느냐는 이야기에 정민아는 재치
있게 한 번 받아치고는 곧 답을 했다.

"아직은 나오지 못하지만 올해 안에는 앨범을 꼭 낼 거예
요. 다들 좋은 모습으로 팬분들을 찾아뵙기 위해 노력 중이
니 조금만 기다려 주세요."

정민아의 말에 팬들이 모두 박수를 쳤다. 에디오스에 관심
이 없는 팬들조차도 그녀의 굳은 의지가 담긴 말에 놀랐다.

그녀의 말은 세이스를 타고 전국으로 퍼져 나갔다.

"아씨……."

양상철 PD는 입술을 깨물며 무거운 발걸음을 옮기고 있
었다. 그의 옆에는 CP 김추연이 함께하고 있었다.

국장실 앞에서, 김추연 CP가 양상철 PD의 어깨를 꽉 잡
았다.

"다시 물어볼게. 너 진짜 미쳤냐? 누가 마음대로 민아 무

대를 보이콧하래?"

"아니, 보이콧한 게 아니라 진짜 연락을 못 받은 겁니다."

"닥쳐, 새끼야. 그쪽 소속사 사장이 등신이냐? 여기에 몇 번이나 와서 너 찾았다더구먼."

"……."

"어휴. 이런 등신아. 보이콧할 걸 해야지. 민아 같은 애를 왜……. 어휴. 난 모르겠다."

김추연 CP는 격한 감정을 간신히 억누르곤 국장실 문을 두드렸다. 안에서 묵직하게 들어오라는 소리가 들려왔다. 두 사람이 안으로 들어서니 고급 의자가 돌며 빛나는 머리의 국장이 험악한 표정으로 모습을 드러냈다.

국장은 자리에서 벌떡 일어나 손가락으로 두 사람을 가리켰다.

"김 CP, 이 새끼야. 넌 제정신이냐? 애들 관리를 어떻게 하는 거야?"

"……죄송합니다."

"죄송? 죄송하면 다냐? 이 사태를 어떻게 할 거야? 가수 차별하느냐고 여론에서 욕을 바가지로 먹고 있잖아!"

국장은 그들의 면전에 대고 서류를 집어던졌다. 김추연 CP는 눈을 질끈 감았고 양상철 PD가 조심스럽게 서류를 집어 들었다.

―공중파 음악방송, 민아 보이콧?

　―공중파 방송들의 횡포. 이대로 두고 볼 것인가?

　―중소 소속사들의 설 곳은 있는가?

　서류에는 각종 기사의 캡처분들이 넘쳐났다. 공중파 음악 방송에서 에디오스 민아의 무대를 주지 않아 케이블 무대에서만 데뷔 무대를 치렀다는 데에 대한 의문을 제기한 기사들이었다.

　양상철 PD는 억울했다.

　"구, 국장님. 엄연히 프로그램 편성은 PD의 고유 권한입니다. 이런 기레기들이 나대는 건……."

　말도 안 되는 변명이라 여긴 국장은 PD의 말을 끊어버리며 소리를 질렀다.

　"닥쳐, 이 새끼야! 어디서 새끼 주제에 끼어들고 지랄이야. 야, 김 CP. 넌 후배들 교육 어떻게 하는 거냐?"

　"……죄송합니다."

　"아, 됐고. 그런 것보다 이거. 너, PD 새끼야. 잘 들어. 네 잘못은 기레기들이 물 미끼를 던져 줬다는 거야. 왜 이런 의혹을 만들어? 그 월드 사장인가 뭔가가 왔을 때 자리에 없었다고? 그 사람이 바보냐? 없을 때만 골라서 오게? 3번씩이나 자리를 비우는 게 말이 안 되잖아? 그렇다고 쳐도 너희 섭외팀에 외근이 어딨어?!"

"……."

"고유권한? 권한에는 책임도 따르는 거지. 왜 저들이 난리를 치겠어? 남용했다고 난리를 치는 거 아냐? 왜 방송사 놔두고 인터넷 생중계까지 하게 만드느냐고. 우리가 자리만 내줬으면 그렇게 할 필요도 없었을 거라며."

"……저들이 그렇게 말했습니까?"

"야!"

다시 서류가 날아들었다. 양상철 PD는 눈물이 날 지경이었다. PD가 된 이래, 이렇게 심하게 욕을 먹은 적은 처음이었다.

"야, 김 CP. 저 새끼 내보내. 당장!"

"……야, 나가."

김추연 CP는 양상철 PD를 노려보았다. 양상철 PD는 선배에게 안타까운 눈빛으로 어필했지만, 선배는 인정사정없었다.

"선배님……."

"아, 당장!"

결국, 양상철 PD는 눈물을 머금고 밖으로 나갔다.

국장실은 김추연 CP와 국장, 두 사람만 남았다.

"야, 쟤 갈아치워라."

"네, 국장님."

"……그나마 다른 방송사들도 민아 무대가 없어서 그나마 다행이지, 우리만 그랬다면……. 어휴, 상상도 하기 싫다."

"……죄송합니다. 애들 관리를 잘못해서……."

김추연 CP는 고개를 깊숙이 숙였다. 국장은 담배에 불을 붙이며 그에게도 한 대 권해주었다. 김추연 CP도 연기를 뿜어내며 한숨을 토해냈다.

담배 연기에 조금은 누그러들었는지, 국장이 조근한 어조로 말했다.

"일단, 사태부터 수습해. 이번 주에 민아 스페셜 무대를 만들든, 특별방송을 편성하든 어떻게든 무마시켜. 시간이 약이라는 생각은 하지 말고."

"알겠습니다."

"그리고 저 새끼 꼭 잘라라. 암 덩어리다."

김추연 CP는 강하게 고개를 끄덕였다.

그리고 얼마 있지 않아, 한 PD가 메인 프로그램에서 시청률이 낮은 다른 프로그램으로 갑작스러운 인사이동을 하는 사태가 빚어졌다.

예랑엔터테인먼트 사장실.

강시명 사장은 여비서가 가져다주는 커피를 저으며 전화를 하고 있었다.

"네? 잠깐만요. 지금 뭐라고…….."

그런데 상대방의 말에 그는 수저를 놓고 말았다.

─사내 상황이 좋지 않습니다. 여론도 호의적이지 않고요. 나중에 연락드리겠습니다.

일방적으로 전화가 끊겼다. 이런 일이 거의 없던 사람이라 강시명 사장은 당황했다.

'하, 세이스라…….'

강시명 사장은 놀라움을 감추지 못했다. 영역 확대를 노리는 포털 사이트와의 제휴를 통한 인터넷 생중계로 방송무대를 하지 못한 리스크를 극복해 내다니…….. 거기에 엑스티홀까지. 쇼케이스에 다녀온 사람들마다 최고였다며 인터넷에 소문을 내고 있었다.

─최초의 인터넷 생중계. 민아 쇼케이스. 그 효과는?

─민아 쇼케이스 무대. 호평 속에 마쳐.

─에디오스 데뷔 초읽기? 민아 쇼케이스 성황리에 끝나.

"하…….."

끝없이 쏟아지는 정민아에 대한 기사들을 보며, 강시명 사장은 혀를 내둘렀다.

"분명, 방송에 쏟을 시간과 예산을 돌린 게 분명해. 쇼케이스는 했으니 컴백을 하긴 한 건데, 방송무대는 왜 없느냐. 이런 소리가 나왔겠지."

이미 동영상 사이트 튠에 올라온 민아 관련 동영상만 수백 건이었다. 거기에 세이스에서도 대대적으로 민아의 홍보에 나서니 방송에서 하지 못한 홍보를 온라인으로 다 하고 있었다. 게다가 단순한 여성미만 강조한 게 아닌, 멋들어진 퍼포먼스로 남성, 여성 모두를 만족하게 하니 조회수는 끝없이 올라가는 상황이었다.

강시명 사장은 입술을 꽉 깨물었다.

"……역시, 내 느낌이 맞았어. 월드는 이대로 끝나지 않을 거야."

한국 시장은 이미 포화상태였다. 그런 시장을 후발주자와 나누고 싶은 생각, 그는 추후도 가지고 있지 않았다. 선발주자를 쫓으며 후발주자는 애초에 넘어오지 못하게 한다. 그것에 예랑엔터테인먼트의 기본 전략이었다.

"……쉽지 않은 상대를 만났어."

강시명 사장의 이마에 주름살이 패였다. 이번 상대는 생각만큼 만만치 않았다.

2화
쉬어가는 라디오

　삼성동 엑스티홀에서 열린 정민아의 쇼케이스는 성황리에
막을 내렸다.

　쇼케이스 이후 단 2주. 정민아의 활동기간은 무척 짧았다.
그 시간 안에 정민아를 찾는 사람들이 많아 스케줄도 꽉 들
어찼다. 에디오스의 중심이라 할 수 있는 민아를 볼 수 있는
기간이 짧다며 팬들은 아쉬워했지만, 차후 에디오스 완전체
를 기대하는 목소리가 높아져 다음을 기약할 수 있었다.

　"……흥."

　월드엔터테인먼트 사무실.

　이현지는 전화를 끊으며 코웃음을 쳤다. 그녀 옆에서 영수
증을 처리하고 있던 정혜진이 감정을 드러낸 이사의 모습에

조심스럽게 물었다.

"이사님, 무슨 일 있으세요?"

"별일 아닙니다. 사장님은요?"

"스튜디오 가셨어요. 아, 저기 오셨네요."

호랑이도 제 말하면 온다더니, 문이 열리며 강윤이 들어섰다. 그는 스트링이 끊어진 기타를 들고 있었다.

"웬 기타인가요?"

"지민이 기타가 끊어져서요. 갈 시간도 없는 모양이라 갈아주려 합니다."

"자상하시네요."

강윤이 소파에 앉아 기타 스트링을 갈자, 이현지도 그의 앞에 앉았다. 그녀는 조금 전에 전화가 왔던 이야기를 하기 시작했다.

"SBB 방송국 김추연 CP에게 연락이 왔었어요."

"음악나라 CP군요. 그렇게 찾아가도 보기 힘들던데. 무슨 일인가요?"

"이번 주에 민아가 음악나라에 출연해 줬으면 하더군요."

강윤은 기가 찼다. 필요할 때는 그렇게 찾아가도 얼굴도 보기 힘들던 사람들이었다. 그 때문에 막대한 자금을 투자해서 다른 활로를 뚫어야 했다. 그런데 사람들 반응도 좋고 보이콧이라는 역풍을 맞으니 이렇게 찾는 모습이라니.

"어떻게 할 건가요?"

"어차피 못합니다. 스케줄이 꽉 찼어요."

강윤은 고개를 저었다. 아무리 방송이 중요하다 해도 한번 정해진 스케줄을 취소하는 건 예의가 아니었다. 큰 규모, 작은 규모를 따지기보다 먼저 잡은 스케줄을 중시했다. 월드엔터테인먼트의 철칙이었다.

"이제 방송사를 보이콧하는군요. 속이 시원하긴 한데, CP와 관계가 틀어져봐야 좋을 건 없죠."

"모양새가 그렇게 되는군요. 직접 통화하겠습니다. 실속은 확실히 챙길 테니까요."

강윤은 바로 이현지가 건네준 번호로 전화를 했다. 많이 급했는지 몇 번 신호가 가지도 않았는데, 상대방이 전화를 받았다. 강윤은 상투적인 인사를 건넨 후, 용건을 이야기했다.

"……죄송합니다. 민아 스케줄이 모두 잡혀서 이번 방송 출연은 어려울 것 같습니다."

─어떻게든 안 되겠습니까? 저희 사정도 고려를 해주시면…….

김추연 CP는 조심스럽게 여론 이야기를 했다. 냄비 같은 여론이야 시간이 지나면 수그러들지만, 차후에 또 말이 나온다. 한번 말이 나왔을 때, 제대로 수습하고 싶었다.

그의 말에 강윤은 차분히 답했다.

"며칠만 일찍 연락을 주셨으면 가능했었는데…… 죄송하지만 저희도 찾으시는 분들과 약속을 한 게 있습니다. 이번 일은 양해를 부탁드립니다."

─그렇습니까? 이거 큰일이군요. 이거…….

김추연 CP가 아쉬움을 말하기 전, 강윤이 답했다.

"대신, 저희 회사 이름으로 인터뷰를 하겠습니다. 전략상 공중파 방송을 배제하고 인터넷 생중계를 했다고 말입니다."

지금 가장 필요한 것을 강윤이 알아서 해주겠다고 했다. 그러자 전화에서 들려오는 목소리가 눈에 띄게 밝아졌다.

─그렇게만 해주신다면, 저희야 감사하지요. 이번 일은 꼭 갚겠습니다.

"하루 이틀 일할 사이도 아니잖습니까. 앞으로는 좋은 일만 있었으면 합니다."

─걱정 마십시오. 추후에 식사 자리 한번 마련하도록 하지요. 월드에 좋은 가수들이 많다는 것, 잘 알고 있습니다.

"생각해 주시니 감사합니다. 나중에 뵙지요."

월드엔터테인먼트를 배려해 주겠다는 말을 돌려 한 말이었다. 그렇게 화기애애한 분위기로 통화가 끝났다.

강윤이 통화한 내용을 이야기하자 이현지는 조금은 아쉬운 목소리로 말했다.

"그 작자들은 더 당해도 싼데, 조금은 아쉽네요."

이번 일로 자존심이 상했는지 이현지는 눈썹을 가볍게 떨었다. 그 반응에 강윤이 웃었다.

"그것도 괜찮지만, 한번 보고 말 사람들이 아니잖습니까. 미래를 봐야죠."

"그건 그렇지만⋯⋯. 아, 들어간 예산을 생각하면 아직도 화가 나는군요."

이현지는 길게 한숨을 쉬며, 어깨를 으쓱였다.

그러다가 그녀는 뭔가가 생각났는지, 손바닥을 쳤다.

"맞다, 사장님. 1시간 전에 사장님에게 섭외가 들어왔어요."

"저한테 말입니까?"

"네. 이세영이 진행하는 '일상탈출, 2시의 이야기'라는 프로그램이에요. 청취자들의 이야기를 매끄럽게 풀어내며 좋은 선곡으로 답하는 프로그램으로 유명하죠."

"아나운서가 진행하는 프로그램 아닙니까?"

"맞아요. 원래 아나운서들은 딱딱할 수 있는데, 이세영은 그런 틀을 많이 깼죠. 덕분에 청취율이 좋아요. 거기서 뮤즈를 원했어요. 원래는 둘 다 원했는데, 희윤 씨가 미국에 있으니 사장님 한 분이라도 괜찮다고 하네요."

강윤은 이현지에게 날짜를 듣고 망설이지 않고 답했다.

"날짜도 좋네요. 알겠습니다."

"그러면 제가 연락하지요. 생방송이니까 준비는 어느 정도 해서 가셔야 할 거예요."

강윤은 승낙하며 자리로 돌아갔다.

일산에 위치한 DLE 방송국, BCM 센터.

17층에 위치한 스튜디오에서, 아이조아 케라의 첫 녹화가 한창 진행되고 있었다.

"아, 너무 더워! 쪼아 언니! 여름 너무 더워요!"

나비넥타이를 맨 타요는 손으로 부채질을 하며 하소연을 늘어놓았다. 그러자 그와 마주하던 에일리가 크게 고개를 끄덕이며 답했다.

"맞아요. 아오, 더워."

"아, 쪼아 언니. 우리 가위바위보 해서 부채질 놀이 할래요?"

"그럴까요?"

"그럼, 가위바위보!"

에일리는 가위, 타요는 보자기를 냈다. 타요는 잔뜩 실망한 표정으로 시무룩해졌고 에일리는 기쁜 얼굴을 했다.

"우와, 이겼다."

"이이……."

타요가 시무룩하게 부채질을 시작했고 에일리는 기뻐하며 부채질을 받았다. 시원한 바람을 맞는 그녀의 얼굴은 환해졌다.

"한 번 더 해요!"

"네, 다시. 가위바위보!"

타요의 제안에 다시 승부가 이어졌다. 그가 승부욕을 불태웠지만, 이번에도 에일리가 승리했다. 그러자 타요는 잠시 눈알을 굴리더니 뭔가가 생각이 났는지 무릎을 쳤다.

"어? 아, 우리 친구들이 기다리고 있어요. 빨리 가 봐요! 친구들! 기다려요!"

타요는 그렇게 외치더니 한쪽으로 달려갔다. 그러자 에일리가 당황하며 외쳤다.

"어어? 같이 가요."

에일리도 뒤를 따르며 카메라 안에서 사라졌다.

"컷! 좋아요."

김덕웅 PD는 잠시 녹화된 화면을 돌려보았다. 처음으로 호흡을 맞추는 콤비가 걱정이 되었는지, 그는 화면을 몇 번이고 돌려보았다. 하지만 그림이 생각보다 잘 나오자 그는 가볍게 고개를 끄덕였다.

"좋습니다. 다음 씬 갑시다."

스튜디오 사람들이 바삐 움직이기 시작했다. 스튜디오 세팅이 이루어질 동안, 에일리는 준비된 자리에 앉아 다시 분장을 서둘렀다.

그런 그의 옆에 타요가 다가왔다.

"선배님."

"앉아 있어."

에일리가 일어나려 하자, 타요는 괜찮다며 그녀를 제지했다.

"대본 맞춰 보려고 왔어. 괜찮을까?"

"네, 괜찮아요."

출연료가 적은 어린이 프로그램이었지만, 타요의 의욕은 대단했다. 에일리는 대본을 꺼내들었다.

첫 대사는 타요였다.

"모두모두! 준비됐나요?"

"준비됐어요!"

타요의 외침에 에일리도 리얼하게 따라갔다. 에일리는 손발이 오그라드는 느낌을 받았지만 내색하지 않았다. 이건 일이었다.

"엄마랑 나랑 호흡을 맞춰서 신나게, 신나게! 흔들어 주세요!"

"준비됐으면, 음악 나와랏! 얍얍얍!"

에일리가 달리기 모션까지 취하며 실제 하듯 리딩을 하니, 타요도 손뼉을 치며 실제 촬영에서 하듯 리딩을 했다. 타요는 열심히 하는 그녀에게 감탄하며 충고도 아끼지 않았다.

"잘했어. 조금만 톤을 낮춰보는 게 어떨까?"

"알겠습니다."

타요의 충고를 듣고 에일리는 잠시 목소리를 가다듬었다. 그리고 다시, 리딩에 들어갔다.

"엄마랑 나랑 호흡을 맞춰서 신나게, 신나게! 흔들어 주세요!"

"준비됐으면, 음악 나와랏! 얍얍얍!"

에일리의 톤이 낮아지자, 목소리가 듣기 좋게 조곤조곤해졌다. 마치 선생님 같은 어조였다. 그러자 타요가 만족스럽게 고개를 끄덕였다.

"좋아. 아주 잘했어. 이 톤을 기억해 둬."

"네, 선배님."

그때, AD가 그들에게 다가왔다.

"세팅 끝났습니다. 곧 촬영 들어갈게요."

타요와 에일리는 알았다 답하고는 자리에서 일어났다.

그날, 두 사람은 첫 촬영부터 대단한 호흡을 보이며 촬영을 마무리 지었다.

강윤의 라디오 출연일은 생각보다 빠르게 다가왔다.

오후 2시. 게다가 생방송이라 강윤은 점심도 대충 빵으로 배를 채우고 빠르게 HMC 방송국으로 향했다.

강윤이 방송국 스튜디오에 도착하니 다른 라디오 방송이 녹음 중이었다. 스튜디오 앞에서는 그가 녹음할 프로그램의 PD 민희경과 메인 진행자 이세영이 나란히 앉아 있었다.

"안녕하십니까?"

"어? 안녕하세요."

민희경 PD는 자리에서 일어나 강윤을 맞아주었다. 이세영도 읽고 있는 대본을 내려놓고 강윤에게 인사했다.

"빨리 오셨네요."

"제가 라디오는 처음이라 미리 준비해야 할 것 같아서 일찍 왔습니다."

게스트에게서 보기 힘든 자세였다. 게다가 기업 CEO라 콧대가 높을 것이라 생각했는데, 이런 태도라니. 민희경 PD는 속으로 매우 놀랐다.

"아, 여기 앉으세요. 그러면……."

그녀는 대본을 보여주며 오늘의 코너에 대해 설명해 주었다. 게스트인 그에게 기대하는 것은 사연을 재미있게 읽는

능력과 상황에 맞는 선곡이었다. 강윤은 그가 읽을 사연들을 읽고 선곡을 생각했다.

이세영 아나운서와도 이야기하며 어떤 이야기를 할지 생각했다. 그녀는 강윤에게 뮤즈에 대해 묻고 작곡이 어떻게 이루어지는지를 주로 물을 것이라 했다. 그리고 최근에 화제가 되고 있는 정민아에 대해서도 이야기하고자 했다. 강윤은 그가 생각한 이야기를 하며 말을 맞춰나갔다.

그러다보니 금방 시간이 흘러갔다.

이세영 아나운서와 강윤이 스튜디오 안으로 들어가고 곧 다른 게스트 배우 황윤혜도 허겁지겁 달려왔다. 그녀는 촬영을 막 마치고 왔는지 얼굴에 진한 화장을 하고 있었다.

이윽고 2시가 되고 스튜디오에 녹화중이라는 빨간불이 켜졌다.

"시작합니다."

민희경 PD의 신호와 함께 준비를 마친 이세영 아나운서가 편안한 음성으로 이야기를 시작했다.

"미국 뉴욕대학교 심리학 연구팀은 독특한 이름을 가진 아이가 그렇지 않은 아이보다 창의력이 더 뛰어나다고 밝혔습니다. 아이에게 특별한 이름을 지어주면 아이는 자신을 특별한 존재로 여겨서 틀에 얽매이지 않는 창의적인 생각을 하게 된다 합니다. 우리가 생각하기에 흔해 보이는 이름도 그 안을 들여다보면 다 특별하고 좋은 뜻이 있습니다. 우리는 모두 특별한 존재라는 거죠. 여러분은 이름 뜻대로 잘 살고 계십니까? 일상탈출, 2시의 이야기. 이세영입니다."

선곡한 곡이 흐르고 그녀의 마이크에서 볼륨이 내려갔다. 생방송이 시작된 것이다.

스튜디오 안에서 본격적으로 멘트가 흐르자 강윤은 침을 꿀꺽 삼켰다. 목소리만 등장한다 해도 생방송은 등에 땀이 흐르게 만들었다.

노래와 광고가 끝나고 이세영은 간단한 이야기와 함께 강윤을 소개했다.

"오늘은 특별한 초대 손님을 모셨습니다. 최근 히트곡 제조기로 떠오르는 분이죠. 뮤즈의 이강윤 씨입니다. 안녕하세요?"

"안녕하세요? 이강윤입니다."

강윤은 침을 한번 삼키고는 마이크에 입을 가져갔다.

이세영 아나운서는 조근한 어조로 여러 가지를 물었다. 작곡을 어떻게 하는지부터 스타에 대한 것들, 그리고 최근 이슈가 된 정민아에 대한 것까지. 간단하게 물었지만 핵심이 되는 질문들이었다.

강윤은 편안한 어조로 그녀의 질문에 답했다. 이미 질문을 맞춰놓아서 별 문제는 없었다.

그리고 차분하게 다음 차례로 넘어갔다.

"사연을 소개할 차례네요. 강윤 씨, 하나 소개 부탁드릴게요."

"네, 익명으로 온 사연입니다. 안녕하세요, 이세영 씨. 저는 서울 마포구에 사는 30대 남자입니다. 연애 5년, 결혼 6년, 뱃속에 8개월 된 아이를 가진 유부남이죠. 이야, 부럽네요."

"저도 그러네요. 강윤 씨는 애인 있으신가요?"

"아니오, 없습니다. 옆구리가 시리네요."

"저런."

황윤혜가 구인광고라도 내는 게 어떻겠냐며 가볍게 끼어들자 스튜디오에 가벼운 웃음이 흘렀다.

강윤과 황윤혜는 좋은 궁합을 선보였다. 황윤혜는 연기자라 좋은 목소리로 연기를 했고 강윤은 사전에 대본을 봤던 게 많은 도움이 되었다.

"푸읍! 오해가 풀리셨다니 다행이네요. 그럼 강윤 씨, 선곡 부탁드릴게요."

"……아, 안타깝습니다. 지금은 아내분이 다가오셨길 바라면서 곡 띄워드립니다. 한스가 부릅니다. 거짓말."

이세영 아나운서의 매끄러운 진행과 함께 강윤도 부드럽게 라디오를 진행해나갔다.

그렇게 라디오 생방송은 즐거운 분위기 속에 마무리되었다.

3화
트로트는 얌전하다?

4월이 되며, 계절의 여왕 봄이 찾아왔다.

　시즌스의 리더, 장한나는 큰 기회를 맞았다. HMC 방송국에서 방영하는 '박민창의 이야기쇼'에 섭외되어 게스트로 나온 남훈과 목소리를 맞췄다.

　남훈은 가요계의 거목으로 트로트계의 대부였다.

　방송 녹화 무대가 끝난 이후, 장한나는 90도로 고개를 숙여 남훈에게 인사를 했다.

　"수고하셨습니다."

　남훈도 후배의 인사를 받고 웃으며 화답했다. 젊은 후배의 기운 가득한 인사는 남훈에게 귀여운 딸의 인사와 같았다.

　"수고했어."

"감사합니다, 선생님."

"조심해서 가고."

장한나를 뒤로 하고 남훈은 매니저와 이야기를 계속해 나갔다. 심각한 이야기였는지, 남훈의 표정은 좋지 않았다.

"아직이야?"

"네, 죄송합니다."

"큰일이군. 음악나라에 나가려면 젊은 애들 감각을 잘 따라가야 해. 기존 트로트처럼 불렀다간 망신만 당할 수 있어."

남훈은 길게 한숨을 내쉬었다. 매니저도 민망한지 연신 고개를 조아리고 있었다. 그때, 그들의 이야기를 들었는지 장한나가 조심스럽게 말을 걸어왔다.

"저…… 선생님?"

"응? 무슨 일이니?"

"혹시, 무대 때문에 그러시나요?"

남훈은 의아해했다. 자신의 이야기에 함부로 끼어드는 당돌한 후배는 오랜만이었다. 선후배 관계가 확실한 가요계에서 그런 걸 감수하고도 뛰어들 정도면 뭔가 있다는 이야기였다.

그는 조근한 어조로 물었다.

"좋은 사람이라도 알고 있니?"

"도움이 될지는 모르겠지만, 옛날에 저희 시즌스 무대를 만들어 줬던 분이 있어요. 그 무대 이후에 저희가 확 떴거든요."

"무대 이후에? 어떤 사람이야?"

남훈의 질문에 장한나는 대전 옛 백화점 무대에서의 에피소드를 이야기했다. 강윤이 그 무대에서 시즌스가 사람들의 주목을 받게 만들었고 이후 시즌스는 이렇게 성장할 수 있었다는 이야기를 차근차근 풀어놓았다.

평소라면 어린 후배의 당돌함이라며 웃어넘길 남훈이었지만, 이번만큼은 가볍게 넘기지 못했다.

이번에 서야 할 무대가 SBB 방송국의 음악나라였다. 한 번의 무대가 중요했던 시즌스와 상황이 어느 정도 유사했다.

"너희 무대를 기획했던 사람 이름이 강윤이라는 사람이야?"

"네. 월드였나? 거기 사장님입니다."

"그래? 주형아. 들었지?"

"네, 선생님."

"연락해 봐. 빨리."

매니저는 바로 행동으로 옮겼다. 그리고 그 모습을 남훈은 초조하게 지켜보았다.

월드엔터테인먼트의 봄은 정신없이 돌아갔다.

따스해진 날씨 탓에 행사가 늘어 김재훈과 김지민은 지역을 돌며 스케줄을 소화하기 바빴고 하얀달빛도 루나스에서의 정기 공연과 그 외 다른 공연장에서의 특별공연에 나서고 있었다. 게다가 에디오스 멤버들도 하나둘씩 활동을 시작하니 회사는 바삐 돌아가고 있었다.

사무실에서 강윤은 소속 연예인들의 스케줄을 조율하고 있었다.

"삼순이는 촬영, 현아는……."

연예인들이 바빠지니 처리 시간도 길어졌다. 그래도 강윤은 하나하나 체크하며 도장을 찍었다.

그때, 정혜진이 자리에서 일어나 강윤을 불렀다.

"사장님. 전화 왔습니다."

"누구인가요?"

"가수 남훈 씨 매니저입니다. 공연일로 말씀드리고 싶은 게 있다 하네요."

강윤은 의아해하며 전화를 받았다.

"여보세요?"

간단한 인사를 마치고 매니저는 조근한 어조로 용건을 이야기했다.

―저희 선생님께서 다다음 주에 SBB 음악나라에 출연하

십니다. 그 무대를 만들어 주십사 하고 이렇게 연락드렸습니다.

"방송무대를 말입니까?"

강윤의 반문에 매니저는 대답하며 말을 이어갔다.

─네. 저희 선생님께서 모든 세대에 통하는 트로트 무대를 원하십니다. 괜찮으신지요?

강윤은 답을 망설였다. 젊은 세대에게 트로트는 쉽지 않은 장르였다. 비록 그 편견을 깨고 모든 세대에게 어필한 가수도 있긴 하지만 그런 가수는 나이도 젊었고 외모도 수려했다.

'……괜찮을까?'

괜한 무리수가 아닐지, 무대만 만들어주고 욕을 먹는 건 아닐지 강윤은 걱정이 앞섰다.

하지만 가요계 거목의 의뢰를 제대로 들어보지도 않고 거부했다가는 평판에 무리가 올 수도 있었다.

강윤은 차분히 자신의 생각을 이야기했다.

"일단 만나 뵙고 결정하는 게 나을 것 같습니다. 직접 상황을 듣는 게 좋을 것 같습니다."

─시간은 언제가 괜찮으십니까?

매니저는 강윤과 약속을 잡고 통화를 마쳤다. 상당히 급한 모양인지, 그들은 바로 회사로 온다고 이야기했다. 행동이 무척 빠른 사람들이었다.

그로부터 얼마 되지 않아 회사에 남훈과 매니저가 당도했다.

"안녕하십니까? 이강윤입니다."

강윤은 남훈에게 고개를 숙였다. 가요계의 거목이자 트로트의 거장, 남훈은 마른 몸에 빛나는 눈을 가진 중년인이었다.

"반가워요. 남훈입니다."

남훈은 매너가 있었다. 그는 바로 말을 놓지 않고 한참이나 어린 강윤에게 예의를 지켰다.

정혜진이 차와 커피를 내오자, 강윤은 남훈과 마주앉았다. 그의 뒤에 매니저가 자리했고 강윤 옆에는 이현지가 자리했다.

강윤이 운을 떼며 본격적인 이야기가 시작되었다.

"전화로 이야기는 대충 들었습니다. SBB 음악나라 무대에 서신다고……."

"맞아요. 그런데 알다시피 음악나라에 오는 이들 대부분이 젊은이들이잖습니까. 모두가 지루해할 게 빤하지요. 난, 모두가 즐길 수 있는 무대를 원해요. 원하는 건 그거 하납니다."

강윤은 침을 꿀꺽 삼켰다.

명확하면서 간단한 목표였다. 하지만 가장 어려운 목표였다.

'트로트로 음악나라에서 호응을 얻기가 쉽지는 않을 텐데……'

강윤은 잠시 침묵했다.

남훈의 노래는 듣기 편안하다는 장점이 있었다. 이번 타이틀곡은 빠르지도, 느리지도 않아 그 장점이 극대화되었다. 하지만 EDM이나 랩 등에 익숙한 요즘 젊은이들은 자칫 지루하다고 느낄 수도 있었다. 트로트의 장점이자 단점이었다.

강윤이 아무 말이 없자, 남훈이 말했다.

"트로트로는 힘들까요?"

남훈은 눈을 감았다. 강윤이 트로트의 가능성에 말문을 닫은 듯한 느낌이 들자 몸에 힘이 쭈욱 빠졌다.

강윤은 눈을 뜨고 차분한 어조로 답했다.

"……솔직히 말씀드리면, 원곡을 그대로 부른다면 호응을 얻기는 힘들다고 생각합니다."

"그렇다면? 다른 방법은 있다는 말입니까?"

조금 자존심이 상했는지, 그의 목소리가 높아졌다. 트로트라는 장르에 자부심을 가진 그로서는 당연한 반응이었다. 하지만 그는 듣는 귀가 있었다. 강윤의 행동에 자리를 박차거나 하는 행동은 하지 않았다.

그 행동에 보답이라도 하듯, 강윤은 침착하게 생각을 풀어 놓기 시작했다.

"일단 어느 정도의 편곡이 필요하다 생각합니다. 그리고 가장 중요한 건 퍼포먼스입니다."

"퍼포먼스?"

"네."

생각도 못한 답이었다. 듣는 음악을 전문으로 하는 자신에게 퍼포먼스를 요구하다니. 이런 의외성은 그의 흥미를 자극했다.

"좋아요, 어떤 퍼포먼스인가요?"

"지금 당장 어떤 퍼포먼스를 할지를 말씀드리기는 힘듭니다. 편곡 결과물이 나와 봐야 퍼포먼스에 대해 윤곽이 잡힐 테니까요. 하지만 원칙은 말씀드릴 수 있습니다."

강윤은 목소리에 힘을 주었다.

"첫 번째는 예측하기 힘든 의외성입니다. '어? 저게 뭐지?' 하면서 사람들의 시선을 끌어모으는 요소입니다. 두 번째는 화려함입니다. 시선을 끌어모으면 그걸 사로잡는 역할을 하는 건 화려함이라 생각합니다. 제가 선생님의 무대를 맡게 된다면 이 두 가지 원칙을 가지고 무대를 만들어 갈 것 같습니다."

남훈은 강윤의 답에 고개를 끄덕였다. 이런 확실한 주관이 있으니, 무대 한 번에 그룹 하나를 띄울 수도 있겠다는 생각이 들었다. 후배 장한나가 괜한 소리를 한 게 아니었다. 이 사람이면 충분히 그렇게 했으리라는 생각이 들었다.

남훈은 오래 망설이지 않았다.

"난 길게 끄는 걸 좋아하지 않습니다. 이번 무대, 맡아 줄수 있습니까?"

"결과를 장담하지는 못합니다. 하지만 최선을 다하겠습니다."

남훈이 내민 손을 강윤은 굳게 잡았다.

정민아가 짧은 활동을 하고 있는 기간.

루나스 연습실을 주로 이용하고 있는 사람은 서한유였다. 그녀는 매일 낮부터 밤까지 연습을 했고 끝나면 다시 헬스장에서 하드 트레이닝을 하고는 숙소로 귀가하는 생활을 반복했다. 오랜 휴식기를 거치고 있었지만, 이미 바른 생활은 몸에 배어 있었다.

오늘도 그녀는 변함없이 루나스 연습실에 있었다. 그런 그녀를 이현지가 찾아왔다.

"사…… 이사님."

서한유는 한창 연습에 몰입해 있다가 조심스레 문을 열고 들어온 이현지에게 예의 바르게 인사를 건넸다.

이현지는 사온 물과 다과를 흔들며 그녀에게 다가갔다.

"혼자 있었구나."

"네. 다들 스케줄이 있어서요."

이현지는 간단한 다과거리를 하나하나 풀어놓았다. 서한유는 감사하다는 말과 함께 그녀와 마주앉았다.

서한유에게 이온음료를 따라주며 이현지가 물었다.

"계속 기다리는 게 힘들진 않니?"

"……힘들지 않다면 거짓말이죠."

서한유는 솔직히 답했다.

그 말에 이현지가 공감하며 고개를 끄덕였다.

"맞아. 이쯤 되면 지칠 만도 하지. 겨울부터 한 명씩 유닛으로 활동을 해나가는데, 내 차례는 언제 오는지 생각해 볼 때가 됐지. 그치?"

"……."

이 말을 하는 저의가 뭘까? 서한유는 불안해했다. 혹시 나가라는 건 아닐까? 강윤이 그럴 리 없다는 건 잘 알았지만, 만약이라는 게 있었다.

이현지는 차분히 말을 이었다.

"한유야. 모델 한번 해볼래?"

"네? 모델이요?"

갑작스레 날아든 제의에 서한유의 커다란 눈이 더더욱 커졌다.

♩ ♪♩♩ ♩♫♩ ♪♪

남훈과 공연계약을 한 다음 날.

강윤은 김추연 CP에게 전화를 걸었다. 방송시간을 확보하기 위해서였다.

－남훈 선생님 무대라면 이미 잡혀 있습니다. 굳이 따로 전화를 하실 필요까지는 없는데……

"알고 있습니다. 부탁드릴 게 있어서 연락드렸습니다. 제가 알기로 남훈 선생님께 잡혀 있는 시간이 원곡 시간인 3분 45초로 알고 있습니다. 이 시간을 5분 정도로 늘릴 수 있을까 해서 연락드렸습니다."

이미 김추연 CP는 강윤에게 신세를 단단히 진 적이 있었다. 방송시간 늘려주는 건 아무것도 아니었다.

－선생님이 필요하시다면 응당 그렇게 해야지요. 혹 더 필요하신 건 없으십니까?

"아닙니다. 편의를 봐주셔서 감사드립니다."

－하하하. 이 사장님이 해주신 일에 비하면 작은 일이죠.

이전에 일은 정말 감사하고 있습니다.

얼마 전, 스케줄 때문에 정민아를 방송에 출연시키지는 못했지만, 강윤은 정민아가 방송에 출연하지 못한 이유가 방송사 때문이 아니라는 기사를 내보냈다. 소속사에서 직접 해명에 나서니 성난 여론은 잠잠해졌다.

그 일 이후로 월드엔터테인먼트에 CP라는 강력한 아군이 생겨났다.

"그럼 나중에 뵙겠습니다."

강윤은 그렇게 김추연 CP와의 통화를 마쳤다.

이후 할 일은 편곡이었다.

'확보한 시간은 5분이다. 시간은 넉넉해. 시작해 보자.'

강윤은 남훈에게서 받아 온 음원파일을 열고 악보를 펼쳤다. 그의 방 안에 있는 여러 개의 스피커에서 갖가지 음표들이 하얀 빛을 만들어냈다.

곡을 끝까지 모두 들어본 강윤은 본격적으로 편곡을 시작했다. 그는 초반 인트로 부분을 9초가량 늘리는 작업부터 돌입했다.

하지만 트럼펫 소리로 시작하는 원곡을 다른 효과음으로 바꾸니 빛이 대번에 회색으로 변해 버렸다.

'이거 왜 이러지?'

강윤은 트럼펫 소리를 놔두고 코드에 맞춰 음을 바꿨다.

그러나 음표가 합쳐지며 나온 색깔은 짙은 회색이었다.

이후 여러 번을 시도했지만, 결과는 같았다.

'뭐 이런⋯⋯.'

결국 회색빛이 주는 진한 피로감을 느끼며 강윤은 머리를 잡고 의자에서 벌떡 일어나고 말았다.

그는 냉장고에서 맥주 하나를 꺼내 들고 벌컥벌컥 마시며 피로감을 풀어냈다.

'뭐가 문제지?'

강윤은 머리를 싸매고 생각에 잠겼다.

트로트를 편곡하는 건 처음이었다. 그렇다고 해도 손도 대지 말라는 듯, 곡을 조금만 비틀어도 회색이 쏟아지는 경우는 상상도 못했다. 설마 하는 마음에 눈을 가리고 곡을 들어보기도 했지만, 역시나 마음에 차지 않았다.

강윤은 음을 놔두고 다른 시도를 해보기로 했다.

'박자만 바꿔볼까?'

강윤은 빈 맥주캔을 구겨 쓰레기통에 던져 넣고 원래 자리로 돌아갔다.

그는 박자를 원곡보다 빠르게 바꿨다. 그리고 음원을 재생했다. 그런데, 처음 나오던 하얀빛과 크게 변함이 없었다. 음을 바꿨을 때 나오던 회색과는 확연히 달랐다.

'이번에는 느리게 해볼까?'

그 순간 강윤은 전신을 얽매는 느낌에 몸이 떨려왔다. 음표들이 합쳐지며 검은색을 발산하고 있었다. 끔찍한 느낌에 강윤은 서둘러 곡을 꺼버렸다.

'이건 절대 안 된다.'

이 곡은 빠르게는 되지만, 느리게는 절대 안 됐다. 몸으로 깨달은 교훈이었다.

그렇게 강윤은 퍼즐 조각을 맞추듯 편곡을 해나갔다.

남훈이 곡을 의뢰한 지 며칠이 지났다.

그는 편곡에 대해 듣고 평을 해달라는 강윤의 요청을 받고 월드엔터테인먼트 스튜디오로 향했다.

"호오."

남훈은 아담하면서 깔끔한 스튜디오를 보며 감탄했다. 작지만 시설도 좋았고 무엇보다 소리가 깔끔했다. 하지만 그건 잠시였다.

그는 강윤이 들려주는 자신의 노래, '친구'를 들으며 눈에 날을 세웠다. 자신의 곡을 편곡한다는 말을 들었을 때, 그는 처음부터 뚱했었다.

하지만 막상 완성본을 듣자 그의 안색은 환하게 펴졌다.

"호오?"

이번 무대에 딱 맞춘 색깔이었다. 원곡은 트로트라지만 트로트라는 장르의 색깔은 그리 많이 나지 않았다. 그래도 자신의 곡이라고 자신 있게 보여줄 수 있는, 감각적인 곡이었다. 게다가 원곡보다 조금 더 빨라지자 흥이 더 일었다.

그런데 의문도 있었다.

"간주 부분은 가이드로 녹음한 것 같은데, 랩인가요?"

"맞습니다."

"허, 이 친구가. 날 너무 높게 봤나?"

강윤이 부정을 안 하자, 남훈은 당혹감을 감추지 못했다. 40년 넘게 노래를 해오며 랩이라는 걸 해본 적이 없는 그였다.

강윤이 웃으며 답했다.

"선생님이 랩을 하시는 게 아닙니다. 당연히 피처링을 써야죠."

"피처링? 허, 참. 이거 판이 커지는군요."

"선생님 이름에 걸맞은 무대를 만들어야죠."

강윤의 답에 남훈은 만족하며 크게 웃었다.

"하하하, 좋네요. 그럼 난 무엇을 하면 되지요?"

"선생님 스타일에 맞는 가수를 섭외해 주시면 됩니다. 랩을 잘하는 친구면 누구나 상관없습니다."

"알아봐야겠네요."

남훈은 며칠 내로 연락을 주겠다 말하고는 자리에서 일어났다.

그가 간 후, 강윤은 다른 업체들에게 연락해 무대에 필요한 것들을 준비했다.

댄스팀은 남훈이 준비했으니 강윤은 시설 관련 업무에 몰두했다. 그리고 방송국과 남훈의 소속사를 매끄럽게 연결해 무대를 성공적으로 이끄는 것, 그것이 강윤이 할 일이었다.

편곡이 마무리되자 강윤이 할 일은 그리 많지 않았다. 다시 강윤은 사무실로 올라가 회사 관련 업무를 시작했다.

가장 중요한 일은 정민아가 활동이 끝나 관련 업무를 정리하는 일이었다.

'금전적인 손해는 최대한 틀어막았어. 이번 남훈 씨 일만 잘 마무리하고 지민이의 활동이 끝나면 쇼케이스에 투자한 금액은 모두 회수할 수 있겠어.'

쇼케이스에 예상치 못하게 들어간 금액은 손실이라 잡았다.

사장인 강윤이 회사 업무에만 집중하는 게 효율이 좋았지만, 자금에서 자유로울 순 없는 노릇이었다. 사실, 강윤 자신도 캐시카우라 할 수 있었다.

강윤은 문서를 작성하며 회사 일들을 정리해 나갔다. 1분기가 지나 일을 마무리할 때가 되니 정리해야 할 것들이 상당했다.

'지민이 성과가 놀라워. 지민이에게 투자했던 금액들은 모두 회수한 것이나 다름없고. 아니, 이젠 흑자지. 미니앨범에 이만한 성과라니.'

김지민에게 들어온 행사들과 방송, 음반 판매내역들을 정리하며 강윤은 혀를 내둘렀다. 아직 스무 살도 안 된 소녀의 파워는 무시무시했다. 한번 나간 오디션 프로그램에서 그녀와 만난 건 큰 행운이었다.

가수들을 모두 정리한 강윤은 이어 에디오스에 대한 문제로 넘어갔다.

'2분기까지만 참으면 될 것 같아. 길긴 길었어. 민아에게 제대로 투자한 가치가 있었어. 게다가 세이스와의 연계를 한 게 효과적이야. 다음 에디오스도 세이스와 연계를 하면 효과를 볼 수 있을 터. 그렇게 되면 방송국, 인터넷까지 대대적으로 에디오스의 앨범을 홍보할 수 있겠지.'

방송국과 삐거덕 한 일이 있었지만, 그래도 결과가 좋았다. 강윤은 1분기 실적과 일들을 정리하며 잠시 감상에 젖어들었다.

'이제 에일리, 한유도 활동에 나섰다. 여기에 주연이까지 포함해 홍보를 시작하는 게 좋을 것 같아. 자금이 또 들겠네.

순환의 연속이군. 이거, 무대 일을 더 해야 하나?'

강윤은 고민했다. 무대 관련 업무는 생각보다 돈이 되는 일이었다. 편곡에 무대, 그리고 각 업체들과의 연계까지. 무대의 질을 높이기 위해 하는 일이 많기 때문에 강윤이 받는 금액은 무척 높은 편이었다. 하지만 들어가는 시간, 이현지가 자신의 일을 대신 담당해야 하는 부담 등을 생각하면 리스크도 있었다. 여러 가지로 생각을 해봐야 하는 일이었다.

이현지와 정혜진이 정리한 업무들을 바탕으로, 1분기 실적을 정리하다 보니 어느덧 퇴근시간인 6시를 넘어 7시가 다되었다.

"저 먼저 가보겠습니다."

정혜진이 조심스럽게 자리에서 일어나자 강윤은 손을 흔들며 배웅해 주었다. 일을 다 마무리했기에 잡을 이유가 없었다.

사무실에 혼자가 된 지 얼마 되지 않아 강윤의 할 일도 거의 끝이 보였다. 직원들이 정리를 워낙 깔끔하게 해놓은 덕분이었다.

"가볼까."

8시가 다 된 시간이었다.

강윤은 가벼운 발걸음으로 가방을 들고 회사를 나섰다.

MG엔터테인먼트의 이사회 회의실.

문광식 이사는 특유의 거친 음성으로 김진호 이사를 질타했다.

"이사님. 이번 헬로틴트의 활동은 문제가 있는 것 같습니다. 케이블에서 한 번 1위 한 게 다라니요."

"……."

김진호 이사도 할 말이 없었는지 뚱한 표정을 지었다.

헬로틴트는 MG엔터테인먼트에서 에디오스를 대신해 내놓은 신인 걸그룹이었다. 이제 갓 1년도 안 된 따끈한 신생 그룹이었다.

정현태 이사도 문광식 이사를 거들었다.

"이번 곡 선곡이 어떻게 이루어졌는지부터 물어야겠습니다. 타이틀곡이 어떻게 됐길래 음원차트들마다 죽을 쑨 겁니까?"

"죽을 쑤다니요. 표현이 과합니다."

문광식 이사의 말에 유경태 이사가 그건 아니라며 선을 그었다. 하지만 문광식 이사는 그렇지 않다며 눈에 힘을 주자 논쟁이 격해졌다.

결국 이사회 회의는 점점 산으로 가기 시작했다.

'개판이군.'

언제나처럼 아무 말 없이 앉아 있던 이한서 이사는 고개를 저을 뿐이었다. 이미 회사에 아무런 의욕도 없는 그였기에 제삼자의 입장에서 모두의 행동을 관찰할 수 있었다.

한참 논쟁을 벌이던 문광식 이사는 급기야 에디오스와 헬로틴트를 비교하며 면박을 주었다.

"이럴 줄 알았으면 에디오스를 내보내지 말고 어떻게든 힘을 실어줬어야 하는 건데……. 이번에 민아가 딱 2주 활동하면서 어떤 반응을 보인지 아십니까? 그 힘없는 회사에서도 보이는 반응은 대단합니다."

"아니, 그 이야기가 또 왜 나옵니까?!"

김진호 이사의 자존심에 금이 갔다.

논쟁은 갈수록 치열해졌다. 이제는 자리에서 일어나 명판까지 집어 들 기세였다.

'나잇값들 못 하네.'

이한서 이사는 숫제 핸드폰을 들고 게임을 시작했다. 찻집을 경영한다는, 외국에서 나온 최신 게임이었다.

남훈에게 피처링 가수를 구해달라는 요청을 한 지 이틀 뒤.

강윤은 가수를 구했다는 그의 이야기를 듣고 바로 남훈의 소속사인 훈스 엔터테인먼트로 향했다. 그의 40년 인생이 들어간 엔터테인먼트사는 5층 건물의 아담하면서도 깔끔한 곳이었다.

지하에 위치한 스튜디오에서, 강윤은 남훈과 피처링을 할 정태성을 만났다. 정태성을 마주하자 강윤은 눈이 휘둥그레졌다.

"안녕하십니까? 이강윤입니다."

하지만 당황하지 않고 손을 내밀었다. 정태성도 강윤에게 반가움을 표했다.

정태성은 한국에서 손꼽히는 최고의 솔로 댄스 가수 중 한 명이었다.

'태성이라니. 투자를 제대로 하는구나. 같은 소속사 식구와 함께할 거라 생각했는데.'

최고의 가수이니 만큼, 정태성은 몸값도 비쌌다. 물론 강윤으로선 땡큐였다.

이미 강윤의 편곡을 들어봤는지 정태성은 곡에 대해 큰 이견이 없었다.

본격적으로 무대 퍼포먼스에 대한 논의가 시작되었다.

먼저 강윤이 말을 꺼냈다.

"5분이 조금 안 되는 시간입니다. 두 분이서 보여줄 수 있는 건 마음껏 펼쳐 보이시면 됩니다. 제 생각엔 1절에는 선생님이 무대에 혼자 서 주시고 피처링부터 태성 씨가 등장해 반전을 보여주는 방식으로 갔으면 어떨까 합니다."

강윤의 의견에 모두가 고개를 끄덕였다. 거기에 정태성이 말을 보탰다.

"이런 콜라보 무대는 보안이 관건이겠군요. 정보 관리를 철저히 하는 게 좋겠습니다."

강윤도 그 의견에 동의했다.

"맞습니다. 이 무대는 반전이 핵심입니다. 트로트는 지루하다는 생각에 한방, 연세가 있으신 선생님도 젊은 사람들과 어울릴 수 있다는 데서 한방. 이게 무대의 핵심입니다. 만약 태성 씨가 피처링으로 함께 참여한다는 게 공개되면 반전의 맛은 떨어지겠죠."

남훈도 한마디 보탰다.

"좋군요. 반전이라니. 각자 회사 사람들 단속을 잘하는 게 핵심일 것 같군요. 자, 다음 순서는 무엇이지요, 대장?"

강윤을 부르는 남훈의 호칭에 정태성과 강윤은 입을 막고 가볍게 웃었다. 가요계 대선배의 가벼운 모습에 무거운 분위기가 조금씩 풀려갔다.

강윤은 본격적으로 구상해 온 무대의 그림을 설명했다. 그는 가져온 그림을 펼쳐 보였다.

"SBB 방송국 등촌동 공개홀은 무대가 그리 좋은 편은 아닙니다. 장점이라면 타 방송국보다 넓은 스테이지지만 단점이라면 텅텅 빈 공간과 낡은 시설이죠. 우리가 활용해야 할 것은 넓은 스테이지입니다. 사람들과 소품들로 스테이지를 화려하게 채우고 나이트 느낌이 나도록 미러볼을 비롯해 장식물도 매달아 친숙한 느낌이 나도록 할 겁니다."

"호오."

두 사람은 강윤이 가져온 공연 설계도에 점차 빠져들었다. 등촌동 공개홀의 정확한 구조와 그곳에 맞춘 시설에 대한 구상, 그리고 필요 인원까지 제대로 된 구상이 그 그림에 그려져 있었다.

거기에 두 사람은 각자 무대에 필요하다고 생각하는 것들을 이야기했다. 강윤은 필요한 것들을 적으며 의견을 반영해 나갔다.

그리고 며칠 후.

남훈과 정태성의 콜라보 무대가 있는 그날이 왔다.

SBB의 음악나라 본 녹화가 시작되었다.

"네, 멋진 무대 보여주신 나인테일즈에 감사드립니다. 우혁 씨, 저희가 함께 MC를 본 지 1년이 넘어가는데, 어떠세요? 긴장되거나 그러지 않으세요?"

MC 현채원은 파트너 문우혁에게 활기찬 목소리로 물었다. 그러자 문우혁은 특유의 저음으로 답했다.

"어휴, 안 그렇죠. 처음이나 지금이나 언제나 이 자리에 서면 떨리고 그렇습니다."

"처음이나 나중이나 무대에 오른다는 건 항상 긴장되는 것 같습니다. 저희와 같이 떨리는 마음으로 무대를 준비하는 분들이 계십니다."

"누구인가요?"

문우혁의 물음에 현채원이 큰 눈동자를 더욱 크게 뜨며 답했다.

"놀라지 마세요. 무려 가수 남훈 씨입니다."

"남훈 씨가 긴장을요? 에이, 설마."

문우혁이 부정하자, 현채원이 살을 보탰다.

"아니에요. 이번에 특별한 무대를 준비했다 해서 긴장을 많이 하셨다 하는데요. 한번, 보실까요?"

카메라가 MC에서 무대로 옮아갔다.

무대의 불이 켜지며 공중에 달린 미러볼이 바삐 돌아가기 시작했다. 뒤에 설치된 전광판도 바삐 움직이며 무대의 화려함을 더해갔다. 그리고 무대 중앙에서 남훈이 걸어 나오며 양 옆에 댄서들이 등장했다.

"아아아아~ 아아아아~"

빠른 비트의 반주와 함께, 남훈의 꺾이는 목소리가 가미되었다. 두 소리의 합은 묘한 조화를 만들어냈다. 어깨를 가볍게 들썩이며 무대를 만들어내는 그의 모습이 사람들의 흥을 돋웠다.

강윤은 무대 뒤에서 그의 무대를 지켜보고 있었다.

"기다리고 기다린~ 우리 인연~ 딱 보는 그 순간~ 넌 이미 친구~"

대다수를 차지하는 젊은 관객들은 흥겨운 무대에 조금씩 빠져들었다. 빠른 템포에 자연스러운 남훈의 무대매너, 그리고 댄서들이 보이는 볼거리는 쉽게 접하기 힘든 무대였다.

"둘도 없는 친구~ 그래 볼 때마다 미치는 우린 파트너~"

강윤의 눈에도 화려한 음표의 향연이 펼쳐졌다. 곡에 많은 부분을 바꾸지는 못했다. 그러나 곡의 속도를 바꾸고 약간의 소리를 가미해 완전히 다른 느낌으로 만드는 데 성공했다. 강하게 나오는 하얀빛이 그걸 증명했다.

그렇게 1절이 끝이 나고 반주에 돌입했다. 쿵쿵 소리가 나며 음악이 잠시 멈췄다.

그와 함께, 랩이 흘러나왔다.

"내 친구여 흘러간 세월~ 많이 변했구려 같이 늙어간단

말 이젠~"

무대 뒤편의 스크린이 열리며, 한 남자가 등장했다. 정태성이었다. 느닷없는 그의 등장에 관객들, 특히 여성팬들이 놀라 소리를 질렀다.

"꺄아아아악!"

"정태성이야!"

말없이 풍선이나 야광봉을 흔들어대던 팬들도 그 갑작스러운 반전에 눈이 휘둥그레졌다. 게다가 남훈과 정태성이 함께 줄을 맞춰 어깨춤을 추니, 그 보기 힘든 장면에 모두가 열화와 같은 반응을 보였다.

"와아아아아아아~!"

짧은 반주가 흐르는 시간이었다. 남훈이 마이크에 대고 외쳤다.

"다 같이 해볼까요? 친구여~"

"친구여어~"

관객들에게서 떼창이 울려 퍼졌다. 공개방송에서 쉽게 보기 힘든 장면이었다. 남훈은 능숙하게 관객들에게 마이크를 한 번 돌리고 자신도 한 번 부르며 무대를 지배해갔다.

무대 뒤에서, 강윤은 이미 마음 편하게 서 있었다.

'경력자는 역시 다르네.'

40년이 넘는 경력은 무시할 수 없었다. 판을 깔아주니 남훈은 무대를 쥐락펴락하며 관객들을 제어하는 모습까지 보여줬다. 관록이란 저런 것이라며, 강윤은 혀를 내둘렀다.

"아아아~"

"아아아~"

어느덧, 곡은 마지막에 접어들었다. 마지막까지, 관객들은 남훈과 노래를 함께하며 어깨를 들썩였다. 정태성도 흥겨웠는지 연신 미소를 짓고 있었다.

그렇게 반주가 천천히 사그라지며 무대는 끝을 맺었다.

"감사합니다."

"감사합니다!"

"와아아아아아~!"

남훈과 정태성의 목소리가 울려 퍼지며, 콜라보 무대는 끝을 맺었다.

─반전의 콜라보 무대, 두 번은 없다?

─세대를 초월한 만남. 또 없어? 왜?

─무대는 이런 것이다!

'반응 좋네.'

인터넷 기사를 보며 강윤은 훈훈한 미소를 지었다. 오랜만에 하는 일이라 감이 사라졌으면 어쩌나 걱정했지만, 다행히 그런 일은 없었다.

'때가 되어 간다. 에디오스의 기반이 잡혀가고 있어. 일단 하얀달빛도 본궤도로 끌어올릴 때가 됐고······.'

강윤을 달력을 보며 마음을 굳혀갔다.

크게 터뜨릴 시간이 다가오고 있었다.

4화
OST의 기적

   강윤이 기사를 보며 차후 일에 대해 고민하고 있을 때, 이현지가 다가왔다. 그녀의 손에는 1분기 일들을 정리한 보고서가 들려 있었다.

   "잠시 이야기 가능할까요?"

   "네. 물론입니다."

   강윤과 이현지는 자리에서 일어나 소파로 향했다. 이현지와 강윤의 전용 회의실이기도 했다.

   정혜진은 그들이 회의를 하는 것을 알고 알아서 커피를 가져다주는 센스를 발휘했다.

   "고마워요."

   강윤은 그녀에게 감사를 표하고는, 바로 이야기를 시작

했다.

"1분기에 많은 일들이 있었습니다. 일단, 지민이가 데뷔했고 많은 성과가 있었습니다. 보고서를 읽어 보니 신입답지 않게 반응이 좋았습니다. 음원차트는 말할 것도 없고 방송 1위까지. 이건 생각도 못한 건데……."

이현지도 강윤의 의견에 동의했다.

"맞아요. 이번 1분기의 핵심은 가수 은하라고 봐도 과언이 아닙니다. 연습생 때 투자한 비용도 메웠고 에디오스에게 들어가는 비용마저 충당할 만한 금액을 벌어들였으니까요. 미니앨범 반응이 좋으니 조만간 정규앨범으로 활동을 해보는 게 어떨까 해요."

강윤은 달력을 보며 난감한 표정으로 답했다.

"네. 정규앨범도 발매해야죠. 하지만 지금 발매를 하게 되면 회사의 지원여력이 분산될 위험이 있습니다. 시기를 조금 늦추는 게 좋을 것 같네요."

"알겠어요."

이현지는 중요사항들을 정리해 나갔다.

가수들 모두가 잘 해나가고 있었다. 김재훈은 언제나처럼 안정된 위치에서 회사의 힘이 되고 있었고 김지민은 그 뒤를 이어갔다. 그리고 에디오스도 모두 활동을 시작했다.

"한유가 워킹 스테이지에 설 줄은 몰랐습니다. 리스도 라디오 DJ로 활동을 시작했고…… 여러 가지 일을 처리하느라 고생하셨습니다.”

강윤은 이현지의 깔끔한 일처리에 감탄했다.

공교롭게도 그가 남훈과 일을 하고 있을 때, 에디오스의 남은 멤버 둘과 관련된 제의가 들어왔다. 유명 잡지회사에서 주관하는 패션쇼에서 서한유를 객원모델로 초청했고 크리스티 안은 DLE 방송국에서 저녁 8시에 하는 ‘FM 한밤의 데이트’에 한 남자 아이돌 가수와 MC를 맞게 되었다.

“사장님 생각대로 됐죠. 장기 프로젝트로 3명이 꾸준히 활동을 하고 임펙트가 강한 단기 프로젝트로 3명이 활동을 한다. 잘되고 있는 것 같아요.”

“맞군요. 슬슬 때가 온 것 같습니다.”

강윤은 즐거운 표정으로 그녀가 보여주는 에디오스 관련 자료들을 보며 말했다.

“이제 에디오스 모두가 나왔군요. 민아 앨범에서 예상치 못한 지출이 있긴 했지만, 결과는 오히려 좋았습니다. 삼순이와 에일리가 고생을 하고 있긴 하지만…… 더 좋은 결과를 가져올 겁니다.”

“그럴 겁니다. 풋. 삼순이는 이해하지만 에일리를 어린이 프로그램에……. 그런데 이렇게 잘 해낼 줄은 몰랐어요. 타요와 궁합도 잘 맞고. 사장님은 에일리에게 이런 재주가 있다는 걸 언제 다 파악한 건가요?"

강윤은 그저 멋쩍게 웃을 뿐이었다.

에일리는 아이조아 케라의 상징이라 할 수 있는 '쪼아 언니'라는 캐릭터를 누구보다도 잘 소화해 내고 있었다. 이제는 당당히 역대 쪼아 언니의 계보에 올라가 있는 그녀였다.

1분기.

에디오스의 멤버들 모두는 기반을 확실히 다지고 있었다. 그리고 그렇게 기반을 다지고 있는 그룹이 있었다.

"여긴 여물다 못해 터지겠네요."

이현지는 루나스에서 열리는 하얀달빛의 공연관람객 숫자 자료를 보이며 혀를 내둘렀다. 그들의 공연을 보러 오는 관객은 날로 증가해 이젠 루나스가 터져 나갈 지경이었다. 2층 외벽에 철다리같이 관객들이 올라가 공연을 볼 수 있도록 시설이라도 설치해야 하는 것 아니냐는 말까지 나왔을 정도였다.

"이제 다른 무대로 갈 때가 된 거죠."

"그럼 루나스에서 더 큰 곳으로 옮긴다는 건가요?"

그 말에 강윤은 고개를 저었다.

"아닙니다. 기반을 버릴 수는 없죠. 관객이 빠져나갈 위험이 있습니다. 그보다 현아에게도 곡을 준비해 두라고 이야기했으니, 다음 달에는 메이저에 나가봐야죠."

"호오."

이현지는 손바닥을 쳤다. 아무래도 언더와 메이저는 수익규모 자체가 달랐다. 수익을 창출하고 있기는 했지만, 사내 가수 중 가장 수익이 적은 가수가 하얀달빛이었다. 하지만 이제 그들이 달라질 것이라니, 그녀의 입장에선 좋을 만했다.

하지만 문제가 있었다. 이현지는 그 문제를 꼬집었다.

"계기가 있거나, 사람들에게 이름을 알릴 만한 획기적인 게 있어야 할 거예요. 세이스를 끼고 쇼케이스를 해봐야 사람들이 볼지도 의문이고……."

"공연을 보러 왔던 사람들은 보겠죠. 하지만 일반 사람들은 잘 보지 않을 겁니다. 세이스 같은 포털은 에디오스 급이 돼야 활용할 수 있습니다. 효과는 크지만……."

머리를 맞댔지만 명쾌한 결론은 나오지 않았다.

결국 1분기 정리에서 회의를 마치고 강윤은 하얀달빛을 만나기 위해 연습실로 향했다.

연습실에는 김현아와 김진대가 투닥거리며 곡에 대해 이야기하고 있었다.

"어? 사장님. 안녕하세요."

오늘 강윤을 처음 보는 이현아와 김진대는 깊이 고개를 숙여 인사했다. 강윤은 손을 흔들고 그들에게 앉으라는 신호를 보냈다. 그들은 악기와 마이크를 내려놓고 강윤 옆에 앉았다.

"다들 어디 갔니?"

"차희는 레슨 갔고 찬규는 과제 때문에 교수님 만났다 온데요. 금방 올 거예요."

이현아의 말에 강윤은 가볍게 고개를 끄덕이곤 용건을 이야기했다.

"모두 모이면 다시 이야기하겠지만, 이제 하얀달빛을 메이저로 끌어올리려 해."

"……."

"현아야?"

강윤의 말을 들은 이현아는 잠시 어안이 벙벙해졌다. 김진대가 그녀의 눈앞에 손을 흔들었지만, 크게 놀란 그녀는 잠시 넋을 놓았다. 그때 김진대가 그녀의 옆구리를 푹 찔렀다.

"아얏!"

이현아는 간신히 정신을 차렸다. 그제야 제정신이 돌아온 그녀는 강윤에게 떨리는 목소리로 말했다.

"메…… 메…… 메이저요?! 지…… 진짜요?!"

"왜 그렇게 놀라?"

"아, 아니 그게……."

강윤이 누누이 이야기하던 부분이었다. 하지만 막상 때가 되었다 생각하니 가슴이 떨려왔다. 김진대도 마찬가지였는지 눈을 껌뻑였다.

"아직 시작도 안 했는데. 아무튼 작곡한 곡들 있지?"

"네."

"얼마나 돼?"

이현아는 가방에서 악보를 꺼내 강윤에게 건넸다. 그리고 핸드폰으로 찍은 연주한 장면도 함께 보여주었다.

-나 할 말이 있어~

이현아의 노래 이후, 기타의 클린톤과 이현아의 목소리가 어우러졌다. 음질은 좋지 않았지만 그녀의 음색과 기타의 톤이 멋들어지게 어우러지며 좋은 소리를 자아냈다.

'이건……?'

핸드폰이라는 매체를 타니 빛은 보이지 않았다. 하지만 이 곡은 뭔가 느낌이 달랐다. 주 장르가 록인 하얀달빛의 스타일과는 거리가 있어 처음부터 메인으로 내보내기는 부담되었지만, 그래도 매우 좋았다.

곡을 모두 들은 강윤이 핸드폰을 돌려주며 물었다.

"이건 어떤 곡이야?"

"어? 이거요? 소영이가 준 곡이에요. 처음엔 록으로 해봤는데 느낌이 별로 안 살아서 잔잔하게 깔았어요. 어때요? 괜찮아요?"

"음……."

강윤은 적잖이 놀랐다. 밴드가 모두 오면 제대로 들어봐야겠지만, 박소영이 이런 좋은 곡을 줄 정도일 줄은 몰랐다.

"소영이는 요즘 뭐해?"

"소영이요? 하아."

이현아는 깊은 한숨을 내쉬었다.

"졸업하고 취업을 해야 하는데, 큰일이에요. 집 밖에도 잘 안 나오고…… 여기저기 이력서 쓰는데, 어렵다 하더라고요."

"요즘 경기가 쉽지 않지. 지난번에 희윤이가 소영이 만났었는데 그때는 별말 안 했는데."

"작곡가님한테는 그런 말 안 했을 거예요. 소영이가 은근 존심이 있거든요. 친구는 잘나가는데 부탁하기도 쉽지 않았을 거예요."

강윤은 고개를 흔들었다. 아무리 자존심이 중요해도 먹고 사는 건 더 중요했다. 가난하면 자존심이고 뭐고 아무 소용이 없었다. 그는 그렇게 생각했다.

"……일단, 한번 시간 내서 와 보라 해."

"네? 소영이요?"

이현아가 반문하자 강윤은 고개를 끄덕였다.

"어. 일단 곡 이야기를 해보자고. 확실히 실력 많이 늘었

네. 감각도 좋고. 특히 현아 네 목소리를 잘 아는 것 같아."

"네. 언제 오라고 할까요?"

강윤은 시간 날 때 아무 때나 오라고 이야기하고는 자리에서 일어났다.

"다들 모이면 다시 이야기하자."

"네."

강윤은 다시 사무실로 올라갔다.

"다녀왔습니다……."

'아이조아 케라' 촬영을 끝내고 돌아온 에일리는 온몸을 추욱 늘어뜨리며 신발을 벗었다.

현관 앞에서 한주연이 그녀를 맞아주었다.

"어서 와."

"응…… 주여나아~"

에일리는 한주연에게 덜커덕 안겼다. 한주연은 처음엔 징그럽다며 난리더니, 이내 그녀의 투정을 받아주었다.

"얘가, 얘가. 오늘 힘들었어?"

"아아아아. 몰라 몰라. 타요 오빠 완전 나빠. 맨날 혼만 낸다?"

에일리는 스타킹을 거칠게 벗어던지며 소파에 앉았다. 그녀의 핫팬츠가 말려 올라가며 언뜻언뜻 속옷이 비쳤다. 물론, 뭐라 할 사람도 없었다.

인기척이 들리자 방안에서 문을 열고 서한유가 나왔다.

"언니, 왔어요?"

"한유야아. 언니 왔다?"

에일리는 자신 앞에 앉은 한주연과 서한유에게 자신이 오늘 얼마나 힘들었으며, 타요가 얼마나 자신을 괴롭혀댔는지를 어필했다. 그녀는 타요가 연습하자고 하는 것을 자신은 거절하지 않았으며, 최선을 다해 연습했다는 것도 함께 이야기했다. 그 이야기를 들으며, 한주연과 서한유는 서로 속삭였다.

"타요 선배 고생 많았겠네요."

"그러게. 저 떼쟁이랑 호흡 맞추는 게 쉽지 않았을 텐데."

열변을 토해내는 에일리 앞에서, 두 사람은 가볍게 고개를 저었다.

'아'라는 단어를 이야기해도, 오랜 경험은 '어'로 들려오게 만들었다.

마포에 위치한 한 술집.

어두우면서 보랏빛의 은은한 조명으로 고급스럽게 빛나는 천장과 앤티크한 디자인으로 격조 높은 사람들을 끌어모으는 장소였다.

김추연 CP의 초대를 받은 강윤은 건배를 제의하는 그의 잔에 가볍게 자신의 잔을 부딪쳤다. 김추연 CP는 단번에 독한 브랜디를 넘겨 버리고는 이내 다시 채워갔다.

"그때는 이 사장님 덕에 살았습니다. 양 PD, 그 미친놈이 일 하나 제대로 못해 가지고는……."

"별일 없이 잘 해결됐다니 다행입니다. 저희 입장에서도 말이 많아져 봐야 좋은 건 없으니까요. 민아 이야기는 이 정도에서 끝냈으면 합니다."

강윤의 말이 반가웠는지, 김추연 CP는 크게 웃었다.

"하하하! 감사할 따름입니다."

"저도 남훈 선생님 일로 신세를 지지 않았습니까. 서로 돕는 거죠. 하루 이틀 볼 인연도 아니잖습니까."

김추연 CP는 이 젊은 사장이 마음에 들었다. 거들먹거리는 기질도, 비굴한 기색도 없었다. 비즈니스 관계로서도 좋았지만, 인간적으로도 호감이 갔다.

그는 강윤의 빈 잔을 채워주며 말했다.

"그렇군요. 아, 이번에 민채연 일 알고 계십니까?"

"그 중고신인 말씀이시군요. 6년간 무명이었다고 들었습니다. 화려한 영웅에서 악역으로 제대로 터졌죠. 연기는 참 잘하던데…….”

“네. 그런데 그 민채연이 계약이 끝나자마자 테이스티로 이적해 버렸습니다.”

그 말에 강윤은 눈을 껌뻑였다.

“테이스티라면, 탑배우들을 대거 보유하고 있는……?”

“네. 뜨자마자 도망간 거죠. 민채연이 있던 소속사 대표는 연탄가스까지 마시려 했다 합니다. 7년 동안 한결같이 민채연만 뒷바라지했는데, 개인적으로 안타깝더군요.”

“흐음…….”

강윤은 남의 일 같이 느껴지지 않았다. 과거로 돌아오기 전, 회사에 단 한 명밖에 남지 않았을 때의 상황과 비슷했다. 그때의 심정은 뼈를 깎아내는 것과 같았다.

김추연 CP는 말을 보탰다.

“요즘 같은 세상에 의리를 강요하는 것도 웃기는 일이지만, 이런 말들을 들으면 씁쓸합니다.”

“저도 그러네요. 사장에게 연예인은 자식 같은 존재인데.”

CP 정도 되니 연예계 뒷이야기들을 많이 알고 있었다. 강윤도 상당수 아는 이야기들이었지만, 모르는 정보들도 다수 있었다. 두 사람은 여러 가지 이야기를 하며 정보를 공유했다. 여러 가지 이익이 되는 만남이었다.

술자리가 깊어져갔다.

김추연 CP의 얼굴이 많이 붉어졌다. 그는 헤실거리며 강윤에게 말했다.

"하하, 사장님. 모처럼 즐겁습니다. 말이 통하니 기분이 좋네요."

"저도 그렇습니다."

"흐, 어우, 취하네. 사장님."

그는 강윤 쪽으로 몸을 기울였다.

"좋은 정보가 하나 있는데, 들어보시겠습니까?"

"정보 말입니까?"

강윤이 반문하자 그는 낮은 톤으로 이야기했다.

"저희 방송국에서 방영하는 수목드라마 OST 자리가 비어 있습니다. '그의 병원'이라는 의국 로맨스 드라마인데, 이제 2회까지 방영한 드라마입니다."

"아, 압니다. 시청률도 준수하다 들었습니다."

"네. 그런데 PD가 까칠해서 OST를 결정하지 못했습니다. 그놈이 벽창호라 제작사 압력이고 뭐고 듣지를 않는 놈이라…… 혹시 생각 있으십니까?"

반가운 제안이었다. 강윤에게는 마다할 이유가 없었다.

"저야 감사하죠."

"그놈 연락처가……."

김추연 CP는 핸드폰에서 연락처를 찾아 강윤에게 보내주었다. 강윤은 연락처를 저장하고는 고개를 숙였다.

"감사합니다, CP님."

"실질적으로 앨범에 실려도 드라마 방영 시 나올지 안 나올지 여부는 제 영역 밖입니다. 거기까지는 도움을 드리지 못합니다. PD가 까칠하니 잘하셔야 합니다."

강윤은 알겠다며 고개를 끄덕였다.

'그 곡이라면 될 거야.'

김추연 CP의 제안을 듣고 강윤은 확신했다.

김추연 CP와의 술자리를 가진 다음 날.

점심시간이 얼마 지나지 않은 시간이었다.

"사장님. 지시하신 서류 다 준비했습니다."

"고마워요."

정혜진은 강윤에게 서류봉투를 내밀었다. 강윤은 그녀에게서 서류를 받아 들고 외출 준비를 서둘렀다.

그 모습에 이현지가 물었다.

"어디 나가시나요?"

"네. 좋은 곡이 있어서 받으러 갑니다."

강윤은 짧게 답하고는 사무실을 나섰다.

그가 향한 곳은 루나스가 있는 홍대 인근에 있는 한 카페였다. 특징 있는 복장을 한 뮤지션들이 자주 들락거리는 카페였다.

강윤이 들어가니 먼저 나와 있던 박소영이 그를 보며 손을 흔들었다.

"오빠, 여기예요."

강윤도 마주 손을 흔들고 그녀에게로 향했다.

간단하게 주문을 하고 강윤은 근황을 물었다. 박소영은 웃으며 이야기했다.

"간단히 아르바이트 하면서 지내고 있어요. 포트폴리오도 돌리고 있죠."

웃고는 있었지만, 끝내 어두운 구석은 숨기지 못했다. 대학을 졸업하고 취업을 준비한다는 것은 누구에게나 힘든 일이었다. 여동생을 보는 것 같아 강윤도 입맛이 썼다.

그는 차분히 어조를 가다듬고 본론을 이야기했다.

"이번에 현아에게 준 곡을 정식으로 사용하고 싶어서 왔어."

"제 곡을요? 현아 언니하고 이야기 다 끝낸 건데……."

강윤은 고개를 저었다.

"가수하고 작곡가끼리 협의했다고 이야기가 끝난 게 아니지. 우린 프로잖아."

강윤은 서류를 꺼내 들었다. 박소영은 프로라는 말에 바짝 긴장하며 서류들을 하나하나 살펴보았다.

"이건…….”

"하얀달빛이 정식으로 작곡가 박소영의 곡을 사용하겠다
는 계약서야. 꼼꼼히 읽어 보고 계약의사가 있으면 말해줘.”

박소영은 깜짝 놀라며 눈을 크게 떴다. 가슴이 쿵쿵거리고
있었다. 졸업하고 업계에 발도 들이지 못한 피라미 작곡가인
그녀에게 이런 계약서는 크게 다가왔다.

하지만 강윤의 제의를 마냥 좋아하며 받아들일 수는 없었
다. 혹 지인이라는 이유로 계약서를 들고 왔을 수도 있다는
생각에 그녀는 조심스럽게 물었다.

"저, 오빠. 혹시 희윤이나 현아 언니한테 저에 대해서 무
슨 말 들으신 건가요?”

강윤은 고개를 흔들었다.

"아니. 무슨 문제라도 있니?”

"아뇨, 아니에요.”

박소영은 이내 생각을 접었다. 생각해 보면 강윤이 동생
친구라며 곡을 사줄 사람도 아니었다. 노래에 대해선 누구보
다 냉정한 사람이 지금까지 그녀가 겪은 강윤이었다.

그녀는 꼼꼼하게 계약서를 읽어갔다. 학교에서 계약에 대
해 배웠지만, 실제 계약서를 본 것은 처음이었다. 곡에 대한
권리부터 수익분배 등이 상세하게 기록되어 있었고 마지막

엔 회사 대표인 강윤의 사인이 있었다.

'조건이 왜 이렇게 좋아?'

계약서를 다 읽은 그녀는 고개를 갸웃했다. 가수, 작곡가, 회사까지 음원에 따른 계약분배 비율을 몇 번이나 읽어봤지만, 작곡가나 가수의 비율이 학교에서 배웠던 비율보다 더 높았다. 이상한 생각이 든 그녀는 계약서를 몇 번이나 살폈지만, 특정 조건이 붙는 등의 이상한 조항 같은 건 없었다.

결국, 그녀는 계약서를 내려놓으며 물었다.

"……오빠. 이렇게 하면 회사에 남는 게 있어요?"

솔직히 묻고 싶었다. 가수나 작곡가를 너무 챙겨주면 회사의 이익이 상대적으로 줄 수밖에 없다. 하지만 강윤은 걱정 없다는 투로 답했다.

"어차피 회사가 수익을 얻는 부분은 행사나 방송 등의 활동에서 오니까. 노래로 얻는 수익은 가수에게 돌아가는 게 옳다고 보고 있어. 지금 계약서는 대외비니까 절대 유출하면 안 돼."

"네. 조건이 너무 좋은데……."

박소영은 몇 번이나 계약서를 살폈다. 그만큼 수익분배에서 믿기 힘든 부분이 많았다. 그러나 그녀가 겪은 강윤이 돈 문제로 연예인 뒤통수를 칠 사람이 아니라는 것도 알았다.

한참을 생각하던 박소영은 원곡자 사인란에 펜을 올렸다.

"여기에 사인하면 되나요?"

"한 번 더 신중하게 생각해 봐."

"괜찮아요. 이런 대우라면 이쪽에서 최고로 잘해주는 거잖아요."

생각을 굳히자, 박소영은 망설이지 않았다. 그녀는 2장의 계약서에 사인을 하고 한 장을 강윤에게 주었다.

"좋게 생각해 줘서 고마워. 자세한 이야기는 내일 스튜디오에서 하기로 하자."

"네. 몇 시까지 가면 되나요?"

강윤과 박소영은 구체적인 일정을 이야기했다. 그녀는 저녁 6시에 하얀달빛과 함께 스튜디오에 모이자는 말에 동의했다.

일정이 잡히자, 강윤은 식은 커피를 비우며 이야기했다.

"'그의 병원'이라는 드라마 알아?"

"네. 이번에 시작한 수목드라마잖아요. 왜요? 아, 설마……."

박소영의 목소리가 떨렸다. 감이 왔다. 강윤이 이곳까지 계약서를 들고 온 이유. 드라마 OST에 자신의 곡을 보내기 위해서였다. 수요일과 목요일 밤 10시에 하는 메인드라마에서 자신의 곡이 나온다니, 생각만 해도 가슴이 두근거렸다.

하지만 강윤은 냉정하게 이야기했다.

"아직 확정된 건 아니야. OST 앨범에 실리고도 방송에 나오지 않는 경우는 허다하니까. 일단 보내기만 하는 거야. 계약을 너무 빨리한 감도 없잖아 있지만, 그래도 네 곡을 우리가 산 거니까…… 설명은 제대로 해줘야지."

"아니에요. 제 곡을 선택해 주신 것만으로도 감사한걸요."

박소영은 고개를 저었다.

졸업 전부터 자신의 곡을 여러 기획사에 밀어 넣었지만, 알아주는 곳은 어디에도 없었다. 강윤처럼 친절한 이도 없었다. 그녀가 처음으로 겪은 업계는 정글이나 다름없었다.

그런 곳에서 강윤과 같은 사람은 빛과 같았다. 자신을 알아주는 것만으로도 감사했다.

어느덧 강윤은 커피를 모두 비웠다. 박소영의 잔도 거의 비었다.

"이만 갈까?"

"네."

두 사람은 자리에서 일어나 카페를 나섰다.

DLE 방송국의 라디오국.

김지민은 바쁜 걸음으로 스튜디오로 향했다. 코디네이터

와 매니저 최혁진이 빠른 걸음으로 그의 뒤를 따랐다.

"안녕하십니까?"

스튜디오에 도착한 김지민은 PD와 스태프들에게 인사를 건넸다. 싹싹하게 인사를 하는 그녀에게 모두 반갑다며 손을 흔들어주었다.

김지민은 조심스럽게 스튜디오 안으로 들어갔다. 그리고 큐-카드을 읽고 있는 진행자, 윤민환에게 예의바르게 인사했다.

"안녕하십니까?"

윤민환은 고개를 살짝 돌려 김지민을 바라보았다.

"······누구?"

"에? 아······ 안녕하십니까? 오늘 게스트로 온 신인가수 김지민이라고 합니다."

그제야 윤민환은 멋쩍은 얼굴로 미소를 지었다.

"이런, 미안해요. 내 정신 좀 봐. 내가 정신이 없네. 반가워요. 윤민환이에요."

윤민환은 큐-카드를 내려놓고 김지민에게로 시선을 돌렸다.

대선배와 눈을 마주하자, 김지민은 조심스럽게 시선을 아래로 향했다. 데뷔 20년이 넘은 가수의 눈빛은 매서웠다.

"밥은 먹었어요?"

"아, 네. 먹었습니다. 선생님은요?"

"먹었지요. 요새 많이 바쁘죠?"

"아닙니다, 선생님."

윤민환은 후배 가수와 편안하게 대화를 풀어나갔다. 큰 눈만큼이나 김지민은 호기심도 많았다. 윤민환의 이야기를 그녀는 '네네' 하며 열심히 들었고 그 모습에 그도 신이 났는지 목소리에 힘을 줘가며 이야기했다.

"5분 전입니다."

녹화 시간이 얼마 남지 않았다. PD가 스튜디오에 들어오며 윤민환과 김지민에게 이야기해 주었다.

"잠시 화장실 좀 다녀와도 될까요?"

"그렇게 해요."

김지민이 서둘러 스튜디오를 나서자, 윤민환이 가볍게 고개를 끄덕이며 말했다.

"한 PD. 은하라는 가수의 소속사가 월드라는 곳이라고 했나요?"

"네, 선생님."

PD는 조곤조곤 답했다. 그러자 윤민환이 호기심을 보였다.

"몇 마디 해보니까 성격이 좋더군요. 요즘 애들같지 않고. 노래도 잘 하는지 궁금하네요."

"어차피 오늘 라이브 시간도 있습니다. 한번 시켜 보시면 아실 수 있을 겁니다."

PD는 자신만만했다. 그의 자신감에 윤민환은 화색을 띠었다.

"하하하. 알겠어요, 한번 봅시다."

곧 볼일을 마친 김지민이 서둘러 자리로 돌아왔다.

그렇게 라디오 방송이 시작되었고 준비한 여러 가지 순서들이 하나하나 진행되어 갔다.

방송 중간, 김지민이 낭랑한 목소리로 사연을 소개하고 사연에 대한 생각을 이야기한 후였다.

"은하 양. 모처럼 나와 주셨는데, 한 곡 해주셔야죠."

"네. 그렇잖아도 준비해 왔습니다."

"우와우. 오늘 사연을 보내주신 분의 신청곡이 은하 씨의 노래입니다."

"우와."

저도 모르게, 김지민은 큰 감탄사를 내고 말았다. 그녀의 말이 워낙 크게 나가 스튜디오 밖에선 작가들이 낄낄대며 웃어댔다.

그 모습에 윤민환이 가볍게 혀를 찼다.

"저런. 그럼 은하 양, 준비해 주시죠."

김지민은 자리에서 일어나 스튜디오 한쪽에 마련된 마이

크 앞에 섰다. 헤드셋을 끼고 마이크 앞에 서니 온몸에 긴장이 흘렀다.

"그럼 신청곡 듣고 가겠습니다. 가수 은하가 부릅니다. '해피앤딩'."

전주가 흐르기 시작했다. 김지민은 잠시 목을 가다듬고 힘찬 성량을 뿜어내기 시작했다.

―살며시 다가와 내게 건넨 말~ 이건 달콤한 꿈일까~

귀에 낀 헤드셋에서 귀를 뚫는 듯한 소리가 터져 나오자, 윤민환은 작게 탄성을 냈다.

'이거, 물건이구나. 어디서 이런 물건이 나온 거지?'

어느새 노래에 빠져든 김지민을 보며, 윤민환은 연신 고개를 끄덕이고 있었다.

♪ ♩♫ ♩♩ ♩♫ ♩ ♪

박소영이 오기로 한 시간은 6시였다.

이현아의 목 컨디션이 가장 좋은 시간이 공연이 있는 저녁이었다. 덕분에 녹음도 해야 하는 상황에서, 김지민과의 약속도 저녁으로 잡았다.

그녀가 스튜디오로 내려가니 강윤과 이현아가 곡에 대해 한창 이야기를 하고 있었다.

"어? 소영아. 왔어?"

"안녕하세요?"

이현아와 강윤이 반갑게 그녀를 맞아주었다. 박소영이 자리에 앉자, 강윤은 다시 하던 이야기를 계속해 나갔다.

"처음 전주를 피아노로 바꿔보면 어떨까? 기타도 좋지만 이번 곡은 피아노 소리가 더 좋을 것 같아"

"그래요? 하지만 우리 밴드 중 신디사이저는 없잖아요. 구해야 하나……."

이현아가 곤란한 표정을 짓자 강윤은 고개를 저으며 자신을 가리켰다.

"어차피 지금은 녹음이 중요한 거니까, 피아노 소리 삽입은 내가 할게. 지금 하는 게 낫겠다."

강윤은 자리에서 일어나 기계가 있는 곳으로 향했다. 그곳에는 신디사이저도 함께 있었다. 그는 멜로디를 입력하더니, 이내 몇 가지 작업들을 순식간에 해버렸다.

"가볍게 한번 해볼까?"

녹음은 아니었지만, 얼마나 어울리는지 체크를 해보고 싶었다.

강윤의 말에 이현아는 잠시 목을 가다듬고는 소리를 높이기 시작했다.

"나 할 말이 있어~"

이현아의 묵직한 소리에 맞춰, 피아노 소리가 잔잔하게 드리워졌다.

'느낌 괜찮다.'

노란 음표와 초록색 음표가 하얀 빛을 만들어냈다. 짧은 소절이었지만, 호소력 짙은 목소리는 잔잔한 감동을 불러일으켰다.

"좋다. 이 느낌을 처음에 싣고 다른 부분은 여기에 맞춰서 가는 게 낫겠어."

"네."

강윤과 여인들이 잠시 쉬고 있으니 이차희를 비롯한 하얀 달빛 멤버들이 하나둘씩 모여들었다.

간단하게 들고 온 악기들을 점검하고 바로 녹음에 들어갔다.

이미 충분히 연습을 해왔기에 녹음은 오래 걸리지 않았다. 게다가 박소영이 곡의 의도를 이야기하며 조언까지 해주어 정확한 녹음이 가능했다. 효율이 점점 올라가고 있었다.

강윤도 여러 가지 음표들이 만들어내는 강렬한 하얀빛을 보며 기분이 좋아졌다. 작업은 순조로웠다. 반주를 하는 모두의 노력에 힘입었는지, 이현아도 매끄럽게 작업을 진행해 나갔다.

"……언니. 후렴에서 조금만 톤을 내려 보는 게 어때요?

절제된 슬픔을 드러내는 느낌이에요.”

“절제된 슬픔? 펑펑 우는 게 아니라?”

“네. 이렇게요.”

박소영은 열정적이었다. 그녀는 우는 흉내까지 내가며 하얀달빛의 녹음을 도왔다. 그 모습에 이현아가 웃음을 터뜨렸다.

“하하하하하!”

“언니, 웃지 마시고요.”

“미안. 아무튼 슬픔을 억제하라고? 참는 거지?”

“네. 참는 게 핵심이에요. 참는 게 새어 나오는 거.”

박소영의 말을 들은 이현아는 다시 녹음을 시작했다. 강윤은 박소영이 본격적으로 나서자, 믹싱에만 전념했다.

‘확실히 소영이가 현아와 잘 맞는구나.’

믹싱을 하며, 강윤은 이현아와 박소영을 번갈아 바라보았다. 저들 콤비가 이번에 제대로 한 건을 터뜨려 주었으면 좋겠다고 강윤은 그렇게 생각했다.

SBB 방송국 ‘그의 병원’의 사무실.

아침에 일찍 출근한 김덕중 PD는 책상 위에 있는 넥타이를 보고는 바로 쓰레기통에 집어넣어 버렸다.

"이 제작사들은 이래봐야 소용없다니까, 자꾸만 안티 짓하고 있어. 드라마 분위기를 봐서 OST를 정해야지, 입맛대로 뭣도 모르는 신입 막 찔러서 시청률 안 나오면 어쩌려고 그래?"

그는 연신 한숨을 내쉬었다.

현재 2화를 넘어 3화가 방영 중이었다. 조만간 남자 주인공과 여자 주인공의 로맨스가 시작된다. 그에 어울리는 OST를 빨리 구해야 하는데, 마땅한 노래가 나타나지 않았다. 그렇다고 아무 곡이나 막 끼워 넣고 싶지는 않았다.

하지만 아직까지 마땅한 대안이 없었다.

그때 그는 회의실 탁자 위에서 다른 서류들을 발견했다. 그중 혹시 자신의 물건이 없나 뒤적이던 중 자신의 이름으로 온 물건을 발견하고 쾌재를 불렀다.

'뭘까? 에? CD? 하얀달빛?'

하지만 기대는 곧 실망으로 바뀌었다. 어제까지만 해도 CD에 시달린 데에서 오는 스트레스였다. 그리 큰 기대는 하지 않았지만, 예의상 들어보기로 마음먹었다.

곧 시디플레이어에서 곡이 재생되었다.

'목소리 좋네. 하지만 처음이 너무 세다.'

격정적인 장면이라면 매우 좋을 것 같았지만, 잔잔한 사랑을 연기해야 하는 이번 드라마에는 안 맞을 것 같았다.

하지만 그의 생각은 20초 만에 바뀌었다. 곡이 후렴으로 넘어가며 진한 발라드의 느낌을 제대로 살려냈다. 게다가 점차 분위기가 고조되며 짙은 호소력이 몰입감을 더해갔다.

마치 노래로 남자에게 외치는 듯했다. 보통은 1절도 제대로 듣지 않고 꺼버리는 그였지만, 지금 곡은 느낌이 달랐다. 그는 끝까지 한 번 듣고 또 반복하며 곡에 대해 신중하게 생각했다.

"……선배님?"

한참이 지나 후배가 와서야 그의 반복은 끝이 났다.

"……후우. 왜?"

"CP님이 찾으십니다. 전화해도 안 받으신다고……."

"하아. 알았어. 가봐."

김덕중 PD는 입술을 깨물었다. 또 OST 아직도 안 나왔냐고 트집을 잡을 게 뻔했다. 하지만 지금은 괜찮았다.

'이게, 딱이야. 최고야, 최고!'

단순히 시간이 없어서만이 아니었다. 곡에서 들려오는 여성의 호소력 짙은 목소리가 단번에 김덕중 PD를 사로잡았다. 길게 생각할 것도 없었다. 가장 중요한 과제가 해결되었기 때문이었다.

그는 평소와는 다른 가벼운 발걸음으로 CP에게 향했다.

이현아는 강윤이 운전하는 차를 타고 SBB 방송국으로 향하고 있었다.

조수석에 앉은 이현아는 강윤의 입에 초콜릿을 넣어주었다. 그녀의 얼굴은 살짝 상기되어 있었다.

"현아야. 설레니?"

"당연하죠. 엄청, 엄청!"

카메라 촬영을 한 적은 있었지만, 직접 방송 매체에 하얀 달빛이라는 이름으로 노래가 나간 적은 없었다. 그녀의 진한 눈웃음이 지금의 기분을 대변하고 있었다.

강윤도 그녀의 기분을 잘 알았는지, 밝은 음악을 틀어주며 답했다.

"현아 네가 곡을 잘 골랐어. 소영이도 곡을 잘 만들어왔고. 편곡은 직접 한 거지?"

"네. 그런데 사장님이 소영이한테 마스터링까지 직접 해보라고 할 줄은 몰랐어요. 장비 맡기는 게 쉬운 일은 아니잖아요."

이현아는 적잖이 놀랐다.

마스터링은 음원을 CD나 디지털 싱글 등으로 찍어내기 위한 음질, 시간, 레벨을 조절하는 작업을 통칭하는 말이다.

이 작업만을 담당하는 전문 엔지니어가 있을 정도로 전문성을 요하는 작업이었다. 월드엔터테인먼트에서는 강윤 혼자서 이 작업을 전담하고 있었다.

그는 가볍게 웃으며 이야기했다.

"소영이가 학교에서 이 마스터링에 관한 것들도 배웠다고 들었어. 그래서 한 번 해보라고 한 거야. 경험이 없어서인지 잘 하지는 못했지만…… 같이 해보니 괜찮게 하더라고."

"어라? 그러면 소영이도 우리 회사에서 같이 일하는 건가요?

강윤은 어깨를 으쓱였다.

"글쎄? 아직은 잘 모르겠는데."

"흐음…… 전 같이 일하면 좋겠어요. 소영이가 무슨 일이든 아주 열심히 하거든요. 그런 성실한 애들은 찾기 힘들어요."

강윤은 생각해 보겠다며 이현아의 이야기를 넘겼다. 작곡가는 일반 직원 채용과 또 다른 이야기였다. 이현지와 좀 더 이야기해 보고 결정할 생각이었다.

두 사람은 어느 덧 SBB 방송국에 도착했다.

주차를 하고 지하 1층 엘리베이터 앞에 이르니, 그들을 배웅 나온 여자 AD가 있었다.

"어서 오십시오. 월드엔터테인먼트에서 오신 분들이시죠?"

"네. 이강윤이라 합니다."

여자 AD는 밤을 샜는지 짙은 화장 뒤로 다크서클이 줄넘기를 하고 있었다. 이현아는 처음 보는 방송국 AD의 모습에 놀랐는지 침을 꿀꺽 삼켰다.

그녀를 따라, 강윤과 이현아는 엘리베이터에 올랐다.

목적지는 21층 드라마 방송실이었다. 여자 AD는 자신의 출입증을 찍고는 두 사람을 안으로 안내해주었다.

이현아는 난생처음 와보는 방송국 내부를 두리번거렸다.

'우와, TV에서 보던 대기업 사무실 같아. 완전 깔끔하고…… 어? 저 남자 완전 잘생겼다.'

넥타이를 맨 남자 사원의 모습이 이현아를 사로잡았다. 그녀는 연신 한눈을 팔며 호기심을 충족시켰다. 하지만 자신의 뒤에 있는 강윤과 지나치자, 키가 그의 얼굴 언저리밖에 오지 않았다.

'역시. 오빠 키가…….'

이현아는 저도 모르게 헤벌쭉 입을 벌렸다.

곧 목적지인 '그의 병원' 회의실에 도착했다. 그들이 안으로 들어가니 김덕중 PD와 AD들이 그들을 기다리고 있었다.

"안녕하십니까? 김덕중이라 합니다."

"안녕하십니까?"

강윤과 이현아는 김덕중 PD와 인사를 나누었다. 김덕중

PD는 작은 키에 단단한 인상을 가진 사람이었다. 특히 날선 눈매가 인상적이었다.

곧 강윤 일행을 데려다 준 AD가 믹스커피를 내왔다.

이현아가 호기심과 긴장 어린 눈으로 조심스럽게 커피를 홀짝일 때, 강윤은 차분히 이야기를 꺼냈다.

"하얀달빛의 곡을 좋게 생각해 주셔서 감사드립니다."

"아닙니다. 정말 좋은 곡이었습니다. 듣는데, 느낌이 오더군요. 원래 서면으로 계약서를 작성하는 경우가 많은데, 앞으로도 자주 뵙고 싶은 마음에 부득이 이렇게 초대를 했습니다. 바쁘신데 실례가 아닌지 모르겠습니다."

"아닙니다. 저희야 감사하죠."

분위기는 화기애애했다. 김덕중 PD는 보컬의 톤과 노래의 분위기가 드라마의 분위기를 끌어올리기에 적합하다며 칭찬을 아끼지 않았다. 여러 가지 곡들이 OST 요청으로 들어왔지만, 이렇게 편집 의욕을 끌어올리는 경우는 드물다고 했다.

화기애애한 분위기에서, 이현아가 물었다.

"저, PD님. 한 가지 여쭤 봐도 될까요?"

"말해 봐요. 아, 이쪽이 보컬 분 맞으시죠?"

강윤이 답했다.

"맞습니다."

김덕중 PD는 부드러운 표정으로 그녀의 질문을 기다렸다. 물론 그의 눈빛이 강해 그리 부드러워 보이지는 않았지만……

"드라마에 저희 곡이 나온다면, 어떤 장면에 쓰이는지 여쭤 봐도 될까요?"

그 질문에 김덕중 PD는 풋 소리를 내며 웃었다.

"하하하. 궁금할 만하지요. 가장 중요한 장면, 남자 주인공이 여자 주인공에게 기습 키스를 하는 장면에 처음 등장하게 될 겁니다."

"아, 그럼 진우가 아진이에게…… 힉. 잠깐, 스포당한 거예요?!"

이현아는 이럴 순 없다며 귀를 막았다. 그녀도 이 드라마의 팬이었다.

그 모습을 보며 강윤은 입을 막으며 웃었다. 그녀 덕에 어색한 분위기가 가벼워졌다.

계약서 작성을 비롯해 할 일을 마친 강윤 일행은 자리에서 일어났다. 마지막으로 김덕중 PD가 내민 손을 붙잡으며, 강윤이 말했다.

"드라마도, 곡의 반응도 좋았으면 좋겠습니다."

김덕중 PD도 확신 어린 어조로 이야기했다.

"다 잘될 겁니다. 이런 느낌은 근래에 드물었습니다. 시청률도 계속 오르고 있고 가장 중요한 장면에 좋은 노래가 들어갈 테니 모두에게 좋은 결과가 나올 겁니다. 기대하셔도 됩니다."

그는 강윤 일행을 엘리베이터 앞까지 배웅해 주었다.

월드엔터테인먼트로 향하는 차 안에서, 이현아는 강윤에게 말했다.

"이번 OST, 잘되겠죠?"

강윤은 잠시 생각하더니 이야기했다.

"뚜껑은 열어봐야 알 거야. 그리고 이게 전부가 아니잖아. 더 큰 게 기다리고 있는데."

"메이저요? 아, 그렇지."

"이건 겨우 시작이야. 벌써 쫄지 말라고."

강윤의 말에 이현아는 마음을 다잡았다. 은근 자신은 새가슴이라며, 스스로를 타박하면서 말이다.

계절의 여왕 5월이 되었다.

활동하기 좋은 계절답게 거리는 활기찼고 산록도 우거지기 시작했다.

에디오스의 숙소에도 5월의 활기가 샘솟았다.

"오늘 밥 당번 누구야?!"

……에너지가 과한 감은 있었지만.

에일리는 푸석푸석한 현미밥을 꾸역꾸역 입에 넣으며 투덜거렸다. 백미보다 물을 많이 부어야 하는 현미의 특성을 무시한 조리법에 에일리는 연신 표정을 구기고 있었다.

"……민아 언니요."

연습실에 가기 위해 이미 한 그릇을 뚝딱 해치운 서한유가 범인을 일러주었다.

"정민아아아아……."

가뜩이나 맛없는 식단을 더 맛없게 만든 범인 탓에 에일리는 이를 갈아댔다. 양이 적은 건 참을 수 있어도, 맛없는 건 참을 수 없었다! 그녀는 몸을 떨어댔다.

"……그냥 주는 대로 먹어."

크리스티 안은 그런 에일리에게 덤덤한 어조로 이야기했다. 그러나 에일리는 그건 아니라며 난리를 쳤다.

"아니, 양도 적고 맛도 없는 다이어트식을 이렇게 맛없게 조리해서 먹어야 해? 이건 고문이야, 고문. 아, 난 못 참아. 다시 해먹을 거야."

그러더니 에일리는 기어코 다시 쌀을 씻기 시작했다.

그 모습에 한주연이 혀를 찼다.

"저 미식가년. 하여간, 특이하다니까."

"내 말이. 이번 주에 체중 잰다던데. 쟤 괜찮을까?"

"에엑?! 진짜?!"

크리스티 안 특유의 고저 없는 말에 한주연이 기겁했다. 옆에 있던 서한유마저 크게 반응했다. 쌀 씻느라 정신없는 에일리만이 입을 쉬지 않고 놀리며 자신만의 세계에 빠져 있었다.

"어제 민아가 얘기하던데. 얘, 또 까먹고 말 안 했구나? 하여간, 정신없어 가지곤. 이번 주에 이사 언니가 체중 잰데. 사장님이 한다는 거, 연습생도 아니고 여자애들 자존심은 지켜줘야 한다며 이사님이 나섰다더라."

"나 찐 것 같은데 어떡해……."

한주연은 몸을 부르르 떨어댔다. 서한유도 무서운 체중계의 압박에 몸을 부르르 떨었다.

여자들의 가장 큰 적, 그것은 체중계였다.

"정민아, 정민아아아!"

그걸 아는지 모르는지, 에일리는 쌀 씻는 데 여념이 없었다.

다른 멤버들이 식사에 소란스러울 시간.

드라마를 다운받은 이삼순은 헤드셋을 끼고 드라마 '그의 병원'을 보고 있었다. 커다란 의자에 앉아 다리까지 모은 폼이 한두 번 해본 솜씨가 아니었다.

—별 예쁘네.

의사 가운을 걸친 남자 주인공 진우가 옥상 난간에 걸터앉아 별을 보는 모습에 이삼순은 가슴을 졸였다. 주인공의 긴 기럭지와 순정만화 주인공 같은 외모가 그녀의 마음을 설레게 만들었다.

이어 여자 주인공 아진이 등장했다. 그녀는 진우에게 음료수를 건네고는 나란히 섰다. 두 사람은 병원 상사에 대한 이야기를 나누고 있었다. 그러다가 진우가 자신에게 잘해주는 여주인공의 라이벌, 소진에 대한 이야기를 했다. 극중에서 소진은 진우를 신경 쓰이게 하는 여자였다.

—……그래?

진우에게 마음이 있는 아진이 소진 이야기를 계속하는 진우의 행동이 마음에 들 리 없었다. 그녀는 눈에 가볍게 힘을 주다 그의 이야기를 끊었다.

—잠깐.

—왜?

—……선배 이야기는 여기까지 하자.

순간 그녀는 까치발을 들어 입술을 그의 입술로 가져갔다. 그런 그녀의 갑작스런 행동에 진우의 눈동자가 커졌다.

─이제, 내 앞에서 선배 이야기는 못 하겠지?

그러더니 아진은 부끄러웠는지 빨개진 얼굴을 한 채 뛰어가 버렸다.

진우는 이러지도 저러지도 못한 채 입술을 막고 멍하니 서 있었다.

'우와…… 역시, 요즘 여자는 당당해야…… 어라? 이거 현아 언니 목소리 아냐?'

그때 이삼순의 귀에 익숙한 목소리가 흘러들었다. 분명 처음 듣는 노래였다. 그런데 목소리는 이현아였다.

'노래 진짜 좋다!'

여자의 마음을 제대로 표현한, 애절하면서도 아름다운 곡이었다.

드라마가 끝나자마자, 이삼순은 스트리밍 사이트에 접속해 이현아가 부른 OST를 찾아 바로 다운받았다.

SBB 방송국의 드라마 '그의 병원'의 OST '마음이 아프다'는 7회에 처음으로 대중 앞에 모습을 드러냈다.

여자 주인공 아진이 남자 주인공 진우에게 기습 키스를 하며 자신의 마음을 드러내는 장면을 더더욱 배가시키며 이 노래는 사람들의 마음을 단번에 사로잡았다. 극도로 절제된 감정 표현이 더더욱 애절하게 들려오는 목소리가 사람들의 마음을 울린 듯했다.

8회가 방영되는 날.

각종 스트리밍 사이트에서 이현아의 '마음이 아프다'는 단번에 음원 사이트 1위로 치고 올라가는 기염을 토했다.

"반응이 좋네요."

강윤과 함께, 사무실에서 '그의 병원' 드라마를 시청한 이현지는 인터넷 반응들을 보며 흐뭇한 미소를 지었다.

"편집이 절묘했습니다. 상황이 맞아떨어지도록 편집을 했죠. 남자가 여자 주인공의 마음을 단번에 알아주지 않는 애절함을 잘 표현했습니다."

"맞아요. 휴우, 한 고비는 넘겼네요."

이현지는 자리에서 일어나 기지개를 폈다.

"홍보는 확실히 한 셈이군요. 음원 1위라는 타이틀을 달았으니, 본격적으로 앨범 준비를 하면 되겠어요."

"저도 그렇게 생각합니다. 이 여세를 몰아 공중파로 달리는 게 좋다 봅니다."

두 사람의 의견은 일치했다.

하지만 세상 일이 마음대로 되는 법은 없었다.

이틀 뒤.

회사로 출근해 이현지와 하얀달빛의 앨범에 대해 이야기를 나누던 강윤은 김덕중 PD의 전화를 받았다. 그는 미안한 목소리로 강윤에게 이야기했다.

−죄송합니다. 아무래도 다음 주, 그러니까 9, 10회 분량부터 '마음이 아프다'를 방송에 내보낼 수 없을 것 같습니다.

"네? 무슨 일이 있습니까?"

강윤은 당황스러웠지만 침착하게 물었다. 하지만 그는 이유는 설명해 주지 않은 채 연신 미안하다는 말만 반복할 뿐이었다.

드라마는 20회 완결이었다. 노래가 바뀐다면 후반부에 접어드는 17회가 되지 않을까 생각했었다. 이건 뭔가 문제가 생긴 게 분명했다.

−사장님껜 드릴 말씀이 없습니다. 내부 사정으로 인한 것이니 양해를 부탁드립니다.

"……후우. 일단 한번 만나 뵈어야 할 것 같군요."

−알겠습니다. 오시지요. 기다리고 있겠습니다.

강윤은 통화를 마치고 서둘러 옷을 챙겨 입었다. 그 느닷없는 행동에 이현지가 물었다.

"무슨 일 있나요?"

"OST에 문제가 생긴 것 같습니다. 다음 주부터 송출이 안 된다 하는군요."

"네? 제작사나 방송사에서 압력이라도 있었던 걸까요?"

이현지가 걱정스럽게 묻자 강윤도 비슷한 생각을 했는지 고개를 끄덕였다.

"시청률이 잘 나오는 드라마이다 보니 그럴 수도 있을 것 같습니다. 쉽지는 않을 것 같은데…… 저희도 방법을 생각해야 할 것 같습니다. 가서 연락하겠습니다."

"알겠어요."

강윤은 약간 굳은 얼굴로 사무실을 나섰다.

"최근에 바람 잘 날이 없네."

홀로 남은 사무실에서 이현지는 작게 고개를 흔들었다.

강윤은 급히 차를 몰아 SBB 방송국에 도착했다. 그는 미리 마중 나온 AD의 안내를 받아 회의실에 도착했다.

'어느 기획사에서 끼어들기라도 한 걸까?'

AD가 내준 차를 마시며, 강윤은 여러 가지 생각을 했다.

'마음이 아프다'는 무척 반응이 좋았다. 방송에 나가자마자 음원차트 1위로 올라갈 정도였으니 영향력은 말할 것도 없었다. 그런데 갑자기 내보내지 않겠다는 통보를 받으니, 강윤은 당혹스러웠다.

'……후, 그래도 매너는 있네. 원래는 통보도 없이 바꿀 수도 있는 건데.'

강윤은 쓴웃음을 지었다. 김덕중 PD 정도면 매너가 있는 PD라는 생각이 들었다.

편집이란 PD의 고유 재량이다. 드라마 장면에 OST를 삽입하는 것도 결국 PD의 고유한 권한이다. 말없이 바꿔도 아무도 뭐라 하기 힘든 사항이었다.

그가 여러 가지 상황과 해결에 대해 고민하고 있을 때, 김덕중 PD가 빠른 걸음으로 회의실 문을 열고 들어섰다.

"오셨습니까."

강윤이 자리에서 일어나 김덕중 PD를 맞았다. 그는 민망한 표정을 감추지 못하며 침중한 목소리로 말했다.

"……죄송하게 됐습니다. 이런 좋은 곡을 갑자기 못하게 되었다고 말하게 되다니 말입니다."

"무슨 사정이 있는 겁니까?"

강윤의 물음에 김덕중 PD는 손짓으로 AD를 나가게 했다. AD가 가볍게 묵례를 하고 밖으로 나가자 그는 무거운 목소리로 조심스럽게 이야기를 시작했다.

"배우 시은을 아십니까?"

"시은이라면…… 여자 주인공으로 열연 중인 배우 아닙니까?"

"맞습니다. 후유……."

김덕중 PD는 진한 한숨을 내쉬었다. 그의 얼굴에는 진한 짜증과 분노가 묻어 있었다. 그 한숨에 강윤은 뭔가를 느끼고는 조심스럽게 물었다.

"무슨 일이 있군요?"

"……네. 원래는 시은이가 OST에 욕심을 내고 있었습니다. 시은이는 배우와 가수 활동을 함께하는 엔터테이너였으니까요. 처음부터 계속 시은이는 직접 녹음한 OST를 가져와서 드라마에 넣어달라고 부탁해 왔었습니다. 하지만 제가 생각하기엔 그리 적합하지 않다고 생각해서, 거절했었죠. 나쁘지는 않았지만, 좋지도 않은…… 그저 그런 노래였습니다. 그러다가 사장님이 가져오신 '마음이 아프다'를 접했고 반응이 매우 좋았죠."

"그런데 왜 이렇게 갑자기 변경하게 된 건가요?"

"크흠……."

김덕중 PD는 힘겹게 입을 열었다.

"……국장님의 지시였습니다."

그는 눈을 한번 꽉 감더니, 입술을 부르르 떨었다. 부끄러운 것을 들킨 사람처럼 얼굴을 붉혔다. 아니, 더 말을 하고 싶었지만 참는 듯, 그는 몸을 부르르 떨었다.

강윤이 더 묻기도 전에 김덕중 PD는 양해를 구했다.

"……죄송합니다. 더 이상 말씀을 드리긴 곤란할 것 같습니다. 제가 말씀드릴 수 있는 건, 국장님의 지시 때문에 앞으로 '마음이 아프다'를 내보내긴 힘들 것 같다는 겁니다. 정말 마음에 드는 좋은 곡이었는데……."

"……."

강윤은 그의 생략된 이야기를 정리해 보았다.

SBB 국장, 배우 시은. 전혀 관련 없을 것 같은 이 둘을 잇다 보면 무언가가 나올 것 같았다.

'김덕중 PD같이 고집 센 사람도 꺾을 정도라니. 하긴, 방송국이면 거의 완벽한 관료제니까 국장의 이야기를 거절하긴 힘들지. 그런데 시은이 소속사가 어디였지? 사이메나였나?'

이런 경우는 소속사에서 힘을 썼다고밖에 생각할 수 없었다. 특히 사이메나라면 잘나가는 배우들을 많이 보유하고 있는, 배우업계에서 세 손가락 안에 드는 힘 있는 소속사였다. 그곳이라면 SBB 국장에게 미칠 수 있는 영향력은 충분했다.

'지금 여기서 더 할 수 있는 건 없어.'

여기 더 있는 건 할 일 없이 시간을 죽이는 일이었다. 강윤은 일단 돌아가기로 결정했다.

"……알겠습니다. 그래도 저희에게 신경 써주신 거 감사합니다."

"그저 죄송할 따름입니다. 이렇게 끝나면 안 되는 건데……."

연신 안타까워하는 김덕중 PD를 뒤로하고 강윤은 바로 회사로 돌아갔다.

월드엔터테인먼트 사무실로 올라가니, 이현지가 강윤을 목이 빠져라 기다리고 있었다.

"어떻게 됐나요?"

강윤은 자초지종을 설명해 주었다. 거기에 SBB 국장과 사이메나에 대한 자신의 예상도 가미해서 이야기하니 이현지는 눈을 감으며 길게 한숨을 쉬었다.

"······생각해 보면 충분히 그럴 만하군요. '그의 병원'이 시청률이 20%를 넘어가고 있는데, 파리가 안 꼬인다는 게 이상한 일이죠."

이현지가 길게 한숨을 쉴 때, 강윤은 과제를 이야기했다.

"이번 일로 하얀달빛의 홍보가 너무 짧아졌습니다. 못해도 3주는 더 나갔으면 했는데······."

"이거라도 효과를 극대화시킬 방안은 없을까요? 아니면 좀 더 서둘러서 앨범을 내는 게 어떨까요?"

강윤은 고민했다. 이현아의 OST는 며칠째 음원차트 1위를 이어가고 있었다. 하지만 드라마에 노래가 나가지 않는다면 사람들도 금방 이 노래를 잊고 말 것이다. 1위 자리는 사상누각이나 다름없었다.

'5월은 너무 경쟁자가 많아.'

서둘러 앨범을 출시하는 다른 방안을 생각해 봤지만, 강윤은 고개를 저었다.

인기 있는 남자 아이돌부터 밴드들에 여자 아이돌까지. 한국의 5월은 음악의 축제이면서 전쟁터였다. 강윤은 그 레드오션에 발을 들이고 싶지 않았다.

이현지도 머리를 싸매고 고민했지만, 진퇴양난의 상황은 쉽게 풀리지 않았다. 다른 앨범 낼 시기를 기다리자니 OST로 인한 효과가 떨어질 것이 뻔했고 앨범을 내자니 레드오션이었다.

"머리만 아파오는군요. 이럴 바에야 그냥 아무 생각 없이 노래만 부르게 하는 게 낫겠어요."

이현지는 고개를 세차게 저었다. 이런 답답한 상황은 그녀에겐 질색이었다.

'잠깐?'

그때, 이현지의 말에 강윤의 머릿속에 뭔가가 스치고 지나갔다. 그는 손바닥을 세차게 두드렸다.

"그겁니다."

"네?"

"방금 말씀하신 그거요."

이현지는 고개를 갸웃했다. 순간 자신이 무슨 말을 했는지, 잘 기억이 나지 않았다.

하지만 강윤은 시원하다는 표정으로 자리에서 벌떡 일어 났다.

"전 현아랑 나갔다 오겠습니다."

"네? 이런 때 어딜 나가게요?"

"한 이틀 정도 돌아다녀야 할 것 같습니다. 에디오스 애들 부탁드리겠습니다."

강윤이 급히 사무실을 나서자, 이현지는 알 수 없다는 표 정을 지으며 길게 한숨을 쉬었다.

"……뭐, 결과로 보여주겠지."

하지만 이내 그녀의 표정은 원래대로 돌아왔다. 그녀는 마 음속으로 강윤을 믿고 있었다.

"오랜만에 밖에 나오니 이상하게 설레는데요?"

모처럼 기타를 맨 이현아는 두근대는 마음을 숨기지 못했 다. 그녀 옆에는 김진대가 주변을 돌아보며 상기된 얼굴을 하고 있었다.

"오……."

"……이 오빠야. 침 떨어진다."

홍대를 오가는 아름다운 허리선을 가진 여인들에게 눈을

돌리는 김진대에게, 이현아는 짧은 한숨과 함께 잔소리를 퍼부었다.

한편, 강윤은 믹서와 스피커를 설치하기 시작했다.

"빨리하자."

"네!"

김진대는 드럼이 아닌 잼배에 익숙하게 마이킹을 했다. 정찬규도 기타에 무선마이크를 장착했고 이현아도 스탠드에 마이크를 끼우곤 높낮이를 조절했다.

홍대입구역 앞 번잡한 광장에서, 세 사람은 공연을 준비해 나갔다. 간혹 이현아와 김진대를 알아본 사람들이 사인을 요청하기도 했다.

사운드 테스트가 끝나고 강윤은 본격적으로 시작 신호를 알렸다.

"안녕하세요? 하얀달빛의 이현아라고 합니다."

그녀의 낭랑한 목소리가 지나가는 사람들의 발걸음을 붙잡았다. 이미 그들을 알고 있는 팬들부터, 그들을 모르는 사람들까지 조금씩 사람들이 모이기 시작했다. 평소에 루나스에서 단련된 진행 솜씨도 한몫했다.

이현아는 길게 말하지 않고 바로 불러야 할 메인 곡을 소개했다.

"오늘 불러드릴 곡은…… 직접 소개하려니 부끄러운데요.

저희 하얀달빛의 '마음이 아프다'입니다. 잘 부탁드려요."

하얀달빛이 누군지도 모르던 행인들에겐 눈이 휘둥그레지는 순간이었다.

"나 할 말이 있어~"

'마음이 아프다'라는 노래를 모르던 사람들도, 첫 소절을 듣자마자 입을 쩌억 벌렸다. 대부분의 사람들이 한 번씩은 들어본 노래였다.

"이거 알아 알아."

"이게 쟤들 노래였어?"

사람들이 웅성거렸다. 듣고 보니 목소리도 비슷, 아니 똑같았다. 게다가 노래도 잘했다. 그런데 이런 노래를 거리에서 듣게 되다니……. 사람들은 난데없는 횡재에 다리를 땅바닥에 딱 붙이고 섰다.

"네 이름을~ 불러도 대답이 없고~ 너를 향해~ 손을 뻗어도 내~ 두 손은 언제나~ 비어 있었어~"

느릿한 기타의 음색과 이현아의 목소리가 아름답게 조화를 이루었다. 특히 이현아의 저음이 풍성하게 퍼져 나가며 사람들의 가슴을 저몄다.

강윤은 기타 소리와 보컬의 소리가 잘 조화되는 것을 알고 둘의 소리를 끌어올렸다. 그러자 하얀빛이 더더욱 강렬해지며 사람들에게로 찔러 들어갔다.

"오오……."

"와아……."

후렴을 넘어 1절이 끝났다. 이현아의 목소리가 높아졌다가 한번 쉬는 타임이었다. 사람들은 이현아의 노래에 빠져들며 점점 더 가까이 다가갔다.

"눈물 속에서~ 나의 사랑은~ 다시 피어나~ 너를 사랑해~"

눈을 감은 이현아의 눈가에 얼핏 눈물이 맺혔다. 그녀 스스로도 노래에 깊이 빠져들고 있었다. 사람들도 그녀를 따라 노래에 빠져들었는지 표정에서 슬픔이 묻어나는 듯했다.

강약을 조절하며 잼배는 흘러갔고 기타도 슬픈 멜로디를 연주해갔다.

악기들과 보컬은 아름답게 조화를 이루어가며 강렬한 하얀빛을 만들어갔다.

'조금만 더…….'

강윤은 영향력이 조금 더해지도록, 소리를 끌어올렸다. 그러자 뒤편에서 힘겹게 귀를 기울이던 사람까지 조금씩 만족했는지 눈을 감으며 이현아의 목소리에 빠져들었다.

"아무 말 없이 내 맘은 말할게~ 널~ 사랑해~"

기타가 은은하게 흘러가며, 이현아의 목소리를 받쳐주었다. 그렇게 노래가 끝났다.

"와아아아~!"

"최고다!"

"앵콜!"

거리가 떠나갈 듯한 박수 소리가 터져 나왔다.

정찬규와 김진대는 서로를 바라보며 가볍게 엄지손가락을 들었다. 이현아는 자리에서 일어나 사람들에게 인사하며 감사를 표했다. 그런 매너에 박수 소리가 더더욱 커져갔다.

그런 사람들에게 이현아가 물었다.

"한 곡 더?"

"와아아!"

쉽지 않은 버스킹 공연에서, 그들은 사람들을 이끌며 즐거운 시간을 보냈다.

♪ ♫ ♪ ♬ ♪

－노래 누가 부른 거냐? 신발. 발로 불렀냐?

－새 OST? 이창연 글 올린다는 소리보다 더 웃기는 소리다.

－원래 노래 내놔!

－PD 바뀜? 제정신 아닌 듯.

－드라마는 재미있는데, 멜로에서 몰입이 안 되네요. 노래가 너무 생뚱맞았어요.

SBB 드라마 '그의 병원' 9, 10회 방송이 나간 이후, 게시판에 항의가 빗발쳤다. 요지는 간단했다. 좋은 OST 어디에 갖다 치우고 이상한 OST를 삽입해서 몰입감을 떨어뜨리느냐는 것이었다.

시청자들의 반발은 극심했다.

-무명가수 무시하고 인기연예인 넣으면 들을 줄 알았냐?
-얼굴 좀 된다고 가수도 하고 싶냐?
-시은? 걔 성형빨 아님? 강남 사는 언니 닮아서.
-좋은 배우, 좋은 노래. 명품 드라마 탄생하는 줄 알았는데. 미친 년이 다 망침.

게다가 '마음이 아프다'를 밀어내고 새로 그 자리를 대신한 OST '그 사랑'은 욕이라는 욕은 다 먹고 있었다. 몇몇 사람들은 드라마도 보지 않겠다며 심한 악플도 주저하지 않았다.

100개, 200개 달리는 수준이면 무시하면 될 일이었지만 그 정도 숫자가 아니었다. 게시판에 올라오는 글마다 모두 이 모양이니, 홈페이지 운영자는 때 아닌 일감세례에 죽을 맛이었고 기자들은 특종의 축복을 받고 기사들을 마구 터뜨리고 있었다.

11회 촬영이 있는 월요일, 김덕중 PD는 촬영도 가지 못하고 국장실로 불려갔다.

"바쁜 사람을 불러서 미안하네."

"아닙니다. 후배들이 있어서 괜찮습니다."

김덕중 PD는 마음에도 없는 소리를 하며 입가에 미소를 띠었다. 국장의 얼굴에는 당황하는 기색이 역력히 드러나 있었다.

"허, 이거…… 난감하군. 이틀 정도 지나면 수습이 될 줄 알았건만."

"갑질이 문제가 되는 세상이잖습니까. 큰 소속사가 작은 소속사를 밀어냈다는 유언비어까지 함께 퍼진 상황입니다."

"크흠흠……."

국장은 헛기침을 했다. 사실, 틀린 말이 아니었다. 배우 시은의 소속사, 사이메나의 부탁을 받아 김덕중 PD에게 지시한 건 사실이니 말이다.

"그 하얀…… 뭐였나? 아무튼, 거기서 직접 거리 돌아다니며 노래 부르고 있는 영상 있었지?"

"네. 튠에 많이 돌더군요."

"아, 진짜……."

국장은 아파오는 머리를 붙잡았다. 결정적으로 시청자 게시판에 악플이 미친 듯이 달리기 시작한 계기가 바로 그것이

었다. 게다가 남의 나라 이야기하듯 말하는 김덕중 PD의 꼴
은 그의 불타는 마음에 기름을 들이붓고 있었다.

　-왜, OST를 드라마가 아닌 거리에서 듣게 만드냐?!
　-멀쩡한 가수는 왜 거리로 쫓아!?

　하지만 국장은 그런 행태에도 아무 말도 하지 못했다. 결
국 원인은 그에게 있었다.

　드라마에서의 송출이 끊기자마자 거리로 나온 그들의 노
래는 사람들에게 큰 영향을 주었다. OST 외에 여러 노래를
불렀지만, 관객에게 가장 많이 기억에 남은 것은 바로 OST
'마음이 아프다'였다.

　"……김 PD. 이 사태를 어떻게 수습해야 할까? 후유……."

　"……."

　김덕중 PD는 어렵다는 듯 고개를 숙였다.

　'결국, 이렇게 될 거면서.'

　그러나 그의 입가에는 웃음이 번지고 있었다.

5화
하얀달빛, 궤도에 오르다

한주연은 최근 한 중견가수에게서 레슨을 받고 있었다. 노래 실력, 강의 실적으로도 손꼽히는 가수였다. 1회당 레슨비가 모든 가수를 통틀어 가장 높았지만, 그녀를 위해서 월드엔터테인먼트는 값비싼 투자도 마다하지 않았다.

월드엔터테인먼트의 지하 스튜디오에서 한주연은 투자의 성과를 강윤에게 보이고 있었다.

"보이지 않아도~ 내 마음은~"

노래는 이미 반주와 하나가 되어 강렬한 하얀빛을 뿜어냈다. 힘들이지 않고 내는 목소리였지만, 한층 풍부해진 목소리가 그녀의 늘어난 실력을 반증했다.

'투자한 가치가 있어.'

성과가 보이니 강윤은 만족했다. 전쟁터에 나가기 위한 강력한 무기들이 하나하나 갖추어지는 것 같았다.

한주연이 부스 안에서 가볍게 머리를 풀어헤치며 나오자, 강윤은 물을 건넸다.

"수고했어."

"감사합니다."

한주연은 시원한 표정이었다. 자신감도 많이 향상됐는지 눈빛 또한 살아 있었다.

"앉을까?"

강윤은 한주연에게 자리를 권했다. 한주연이 소파에 앉자, 강윤은 조금 전, 그녀가 부른 곡에 대한 평가를 시작했다.

"창법이 바뀌어서 걱정했는데, 다행히도 내 기우였던 것 같네. 듣기도 좋고 힘도 있어."

"이상하지는 않나요?"

"듣기에 약간 거친 것 같긴 해. 하지만 이건 차차 잡으면 될 일이고 네 목소리에 힘이 붙은 게 큰 성과야. 체력이 붙으면 솔로도 노려볼 수 있을 것 같아. 혹시 목이 아프거나 하진 않아?"

확실히 성과는 있었지만, 혹 리스크가 있는 건 아닌지 강윤은 걱정이었다.

다행히 한주연은 괜찮다며 미소를 지었다.

"네. 사장님 말씀대로 무리하진 않고 있어요. 게다가 저 건강하잖아요."

"다행이야. 목 관리 잘하고. 식단 관리도 중요하지만 혹 몸이 상하면 바로 중단하도록 해. 알았지?"

"알겠습니다."

한주연은 힘 있게 대답했다. 강윤이 가장 강조하는 게 무엇인지, 잘 알고 있었다.

"하얀달빛 앨범이 마무리되면 바로 너희 작업에 들어갈 거야. 이사님이랑 협의해서 잘 준비해 줘."

"네. 요즘은 매일 컴백만 생각하고 있어요. 그때까지 언제 기다리지……."

미국에서 돌아온 지 어느덧 반년이 되어가고 있었다. 다시 무대에 설 수 있을지, 미래마저 불투명했던 과거부터 지금까지 있었던 여러 가지 일들이 그녀의 머리를 스쳐 지나갔다.

"월드로 옮긴 지 벌써 반년이네요. 한 3년 이상은 된 것 같은데…… 사장님, 사장님은 제 은인이세요. 정말 평생 잊지 않을게요."

한주연은 깊이 고개를 숙이며 강윤에게 감사를 표했다. 하지만 강윤은 웃으며 고개를 저었다.

"아직 그런 인사를 받기는 이른 것 같아. 그리고 난 너희 가 가능성이 있다고 판단했기 때문에 영입을 한 거야. 스스로 가치를 깎아내리지 않았으면 해."

"……네."

한주연이 옅게 웃자, 강윤은 기지개를 펴며 다음 말을 이어갔다.

"너희 모두 지금까지 잘해줬어. 단기부터 장기 계획까지 모두 하나하나 성공적으로 이끌었지. 그게 양분으로 깔렸으니, 이제 시원하게 터뜨릴 때만 기다리면 돼."

강윤에게서 이후 계획들을 들은 후, 한주연은 숙소로 돌아갔다.

그녀가 돌아간 후, 강윤이 사무실로 올라갔다.

사무실에서는 이현지가 튠에 올라온 이현아의 영상을 보고 있었다. 며칠 전, 홍대에서 거리공연을 했을 때 강윤이 카메라에 담았던 그 영상이었다.

"확실히…… 영상 퀄리티가 높아지고 있군요."

이현지는 이현아를 찍은 영상 여러 개를 한 번에 재생하며 실눈을 떴다.

고화질 영상부터 엉뚱한 잡음이 섞여 들어간 저급 영상, 저화질 영상까지. 이현아 한 사람에 대한 다양한 영상들이 있었다.

이현지가 주목한 것은 이현아의 얼굴을 클로즈업 해놓은 고화질 확대 영상이었다. 그녀의 표정변화가 세밀하게 잡혀 있어 모니터링에 활용해도 좋을 정도였다.

"……요즘 장비란 대단하네요. 오히려 우리 영상보다 팬들의 영상이 더 낫다니……."

강윤도 동감했다. 음질 부분만 제외하면 팬들이 찍은 영상들이 오히려 나았다. 월드엔터테인먼트에서 찍은 카메라의 위치가 가깝고 수음장비를 썼기에 잡음이 섞이지 않은 덕이었다.

"카메라가 워낙 좋아져서 더 그런 걸 겁니다. 장비가 좋아지며 자연스럽게 수준도 높아지는 게 아닐까 싶습니다."

"단순히 장비 문제만은 아닌 것 같군요. 댓글들을 보니까 이런 영상들만 전문적으로 찍는 네임드 유저들도 있는 것 같아요."

네임드 유저라는 말에 강윤의 머릿속에 떠오르는 것이 있었다.

'DSLR이나 고가의 캠코더가 보급되기 시작하면서 영상 수준도 엄청나게 올랐지. 방송 장비뿐 아니라 개인이 들고 다니는 장비의 수준도 크게 뛴 거야. 그래서 가수나 배우들이나 화장에 더더욱 공을 들였고.'

핸드폰 카메라가 언제 어디서 찍힐지 모르는 두려움을 주었다면, 고화질 카메라는 피부의 디테일까지 살려내 스타일리스트나 메이크업 아티스트의 실력을 가늠하는 공을 세웠다. 덕분에 옥석을 가리는 일도 생겨났지만, 전체적으로 메이크업 아티스트의 대우가 많이 좋아졌다.

"우리도 신경 많이 써야겠네요. 이상한 사진 올라오면 두고두고 힘들어지겠어요."

그녀는 대번에 상황을 파악했다. 강윤도 동의했다.

"맞습니다. 메이크업 직원도 더 뽑고 대우에도 신경을 써야겠어요."

"요즘 사람 뽑느라 죽겠는데…… 일만 느네요. 에디오스 끝나면 사무실 직원 숫자도 늘릴게요."

"알겠습니다. 그렇게 하지요."

강윤의 동의를 얻자 이현지는 쾌재를 불렀다.

"후후후. 멋진 남자 사원들로 뽑아도 괜찮을까요?"

"기왕이면 예쁜 여자 사원은 어떨까 싶네요."

"어? 혜진 씨나 나로는 부족한가요?"

두 사람은 가벼운 장난을 치며 이야기를 계속해갔다.

이현지의 말을 들으며 강윤은 생각했다.

'튠에 올리는 영상 퀄리티를 조금 더 끌어올리는 게 낫겠어. DSLR 영상이면 가격에 부담도 없을 테니. 업체랑 계약도 하고…….'

강윤은 영상을 공격적으로 활용할 방안을 계속 생각해 나갔다.

"다녀왔습니다……."

저녁 9시, 늦은 퇴근을 한 주미라는 서둘러 스타킹을 벗어 던지고 욕실로 들어갔다. 그녀는 간단하게 샤워를 하고 머리를 시원하게 뒤로 젖힌 후, 속옷 바람으로 거실에 자리를 잡았다.

"넌 자연인이니?"

"남이사."

주미라의 언니, 주미연도 똑같은 차림으로 거실에 자리를 잡고 있었다.

간식을 먹으며 두 자매는 최근 배가 불러왔다는 이창연이라는 놈을 씹어주며 수다로 하루의 스트레스를 풀어갔다.

그러다 보니 어느덧 10시.

주미라는 서둘러 채널을 SBB로 돌렸다.

"시작한다."

지난 주 이상한 OST로 몰입을 망쳤지만, 남자 주인공이 워낙 멋있어서 오늘도 자연히 채널을 돌렸다.

"미라야. 저거 이상하지 않아? 노래도 막 바꿔 버리고……."

"에이. 그래도 남자 멋있잖아."

"저 얼빠……."

언니 주미연은 동생의 그런 모습에 고개를 저었다.

드라마 '그의 병원'은 재미있었다. 11화는 유독 숨 막히는 장면들이 많았다. 남자 주인공이 환자를 살리기 위해 혈액을 구하러 여기저기 뛰어다니는 장면과 수술실에서는 선배 의사가 고군분투하는 장면이 오버랩 되며 시청자들에게 긴장감을 제공했다.

"아아…… 멋있어……."

주미라는 결정적인 순간에 혈액을 구해 수술실 문을 연 남자 주인공의 자태에 눈을 빛냈다. 그렇게 다 좋았다.

그러나 그는 오는 길에 부상을 입었다. 넘어지는 바람에 팔에 긴 상처가 나 있었다. 그 상처를 본 여자 주인공이 감정을 드러내며 그를 휙 끌고갔다.

그리고 장면이 바뀌며 소독. 그곳에서 여자 주인공은 화를 내며 그의 팔에 약을 발라주었다.

─……네 몸을 좀 아껴! 자꾸 이렇게 다쳐오면 내…… 내…… 에이…….

─뭐라고?

─아냐, 아무것도.

─난 그 뒷말이 궁금한데?

남자 주인공의 눈이 빛나며, 그의 얼굴이 클로즈업됐다.

그와 함께 분위기가 고조되며, 음악이 흘러나왔다.

-너를 향해~ 손을 뻗어도 내~ 두 손은~

여자 주인공이 남자 주인공의 눈빛을 피하려 하자, 남자 주인공은 그녀의 손을 강하게 휘어잡았다. 하얀달빛이 부른 OST, '마음이 아프다'가 흘러나오며, 몰입감을 진하게 끌어당겼다.

'아아아…….'

주미라는 남자 주인공의 강렬한 눈빛과 오뚝한 코에 흠뻑 빠져 몸을 앞으로 기울였다. 그녀의 언니, 주미연도 몸을 일으켜 TV 앞으로 몸을 움직였다.

"저거 봐, 저거 봐. 어머, 저 저…… 여우."

"나도 수술하면……."

드라마와 함께 자매의 우애도 깊어져 갔다.

SBB 드라마 '그의 병원'의 11회, 12회 방송이 모두 송출되었다.

시청률은 11회에서 17.4%까지 떨어졌다가 12회에서 다시 20%대를 회복했다. 쉽게 보기 힘든 시청률의 롤러코스터 행진이었다. 하지만 동시간대 드라마 중 1위를 기록하며 다시

왕좌를 되찾았다.

11회에서 여자 주인공이 남자 주인공의 다친 모습에 화를 내면서도 상처를 치료해 주는 장면에서 다시 '마음이 아프다'로 OST가 바뀌었고 빗발치던 항의도 잦아든 탓이었다. 덕분에 12회에서 다시 시청률을 끌어올릴 수 있었다.

"……알겠습니다. PD님도 고생하셨습니다."

강윤은 이런 결과를 이야기하는 김덕중 PD와의 통화를 마치며 긴 한숨을 내쉬었다. 그의 한숨에 옆에 있던 이현아가 조심스럽게 물어왔다.

"PD님이 뭐라 하시나요? 무슨 일 있는 건 아닌가요?"

이현아는 걱정이 되는지 다급한 모습이었다. 그러나 강윤은 고개를 저으며 그녀를 안심시켰다.

"아니. 잘 끝났어. 원래대로 OST를 돌렸잖아. 반응도 좋고 시청률도 다시 돌아왔다 했어."

"휴우, 다행이다."

이현아는 길게 한숨을 쉬었다. 혹여 사람들이 다시 자신의 노래를 듣고 이상한 반응을 보이는 건 아닌지, 걱정이 앞섰던 탓이었다.

하지만 강윤은 이제는 그 일에 신경 쓰지 말고 앞으로 해야 할 일에 집중하자며 선을 그었다. 이현아도 알겠다며 동의했다.

"그래서 저희 지금 어디 가요?"

이현아는 막 고속도로로 진입하는 차 안에서 의아해하며 물었다. 그러자 답은 강윤이 아닌, 뒤에 앉은 김진대에게서 나왔다.

"창원 가."

"에? 갑자기 웬 창원? 행사 들어왔어?"

처음 듣는 말이었다. 창원은 서울에서 몇 시간이나 걸리는 먼 곳이었다. 게다가 지금 장비들은 거리 공연에서나 쓰는 장비들이었다.

이현아는 잠시 생각하다 얼굴이 하얗게 질려 버렸다.

"서…… 설마, 저희 버스킹하러 가는 거예요?!"

그 말에 강윤은 웃으며 고개를 끄덕였다.

"맞아. 여행 삼아 가보는 거지."

"으아아…… 창원에 볼 거 아무것도 없다는데…….."

이현아는 기겁했다. 창원이란 곳은 산업도시라 관광업이 그리 활성화 된 곳이 아니었다. 친한 친구에게 들었던 창원은 버스킹과는 거리가 있었다. 게다가 사전에 말도 없이 갑자기 지방이라니. 강윤이 말도 없이 이렇게 일을 처리할 리가 없었다. 그래서 물어보려는 찰나, 강윤이 진대에게 말했다.

"몰랐구나? 어제 내가 진대에게 말했는데."

"아, 그게…….."

김진대는 잊어버렸다는 듯, 머리를 긁적였다. 그의 건망증을 잘 아는 이현아는 도끼눈을 뜨며 그를 노려보았다.

"이 오빠는 진짜! 그런 중요한 걸 왜 까먹는 거야?!"

"미안……."

김진대는 할 말이 없었는지 고개를 숙여 버렸다.

오전에 출발한 차는 오후가 다 돼서야 창원에 도착했다. 목적지는 KTX가 지나는, 사람이 많이 모이는 역이었다. 경상도 사람을 비롯해 서울, 경기권 등 다양한 사람들이 KTX를 타고 왕래하는 그런 지역이었다. 게다가 대학교까지 앞에 있어 젊은 층의 이동도 많았다.

"……서울하고 완전히 다르네요."

전형적인 도시 여인, 이현아의 감상은 '다르다'였다. 도시였지만 주변의 드넓은 공터들은 그녀에겐 전혀 익숙하지 않았다. 게다가 많은 사람이 광장에서 우왕좌왕하다 택시나 자가용을 타고 떠나는 모습들은 버스나 지하철이 익숙한 그녀에겐 낯설게 다가왔다.

"자자. 준비하자."

그래도 하얀달빛 멤버들은 강윤의 말에 두말하지 않았다. 그가 하는 일엔 반드시 이유가 있었다. 이현아를 비롯한 김진대, 정찬규도 그렇게 생각하며 악기들을 날라 세팅에 들어갔다.

드넓은 공터에 악기가 세팅되니 지나가던 사람들이 의아스럽다는 반응을 보였다. 지방에서는 좀처럼 보기 힘든 장면에 몇몇 이들은 신기하게 바라보기도 했다.

그때 역무원 복장을 한 남자가 그들에게 다가왔다. 그는 굳은 표정으로 물었다.

"이곳에서 공연하시면 안 됩니다."

그러나 강윤은 덤덤히 받아쳤다.

"사전에 허가받았습니다."

"네? 제가 들은 바가 없어서……."

이야기가 전달이 되지 않았는지, 그는 난감한 표정을 지었다. 그러자 강윤은 역장에게 전화를 걸었고 곧 역무원을 바꿔주었다.

"……네, 알겠습니다. 그럼……."

그는 통화 내내 허리를 살짝 숙이며 조심스럽게 통화를 마쳤다. 그리고는 강윤을 향해 멋쩍은 웃음을 지어 보였다.

"흠흠…… 죄송합니다. 제가 사전에 통보를 받지 못해서요."

"아닙니다. 그럼."

역무원이 원래 자리로 돌아가고 강윤 일행은 세팅에 서둘렀다.

소리를 잡고 카메라를 설치하니 오후 5시가 조금 넘어가는 시간이 되었다. 바람도 선선하고 야외 활동하기 딱 좋은 시간이었다.

"……"

흥미로운 광경이었지만, 사람들은 덤덤했다. 그들은 말없이 강윤 일행이 소리를 잡고 카메라를 세팅하는 모습을 지켜봤다. 몇몇 이들은 관심이 없다며 떠나기도 했다.

이윽고 세팅이 끝났다. 광장에는 대략 30명의 사람이 모여 있었다. 세팅할 때부터 계속 호기심 어린 눈으로 지켜본 사람들이었다.

이현아는 사람들에게 활기찬 어조로 이야기했다.

"안녕하세요?!"

"……"

이현아가 힘찬 목소리로 인사를 했지만, 반응이 차가웠다. 다른 곳에선 작게라도 반응이 오곤 했는데, 이곳에선 전혀 아니었다.

좋지 않은 반응이었지만, 이현아도 여러 공연으로 단련된 베테랑이었다. 그녀는 다시 목소리를 가다듬고는 차분히 소개를 해나갔다.

"안녕하세요? 저흰 하얀달빛이라고 합니다. 기다려 주신 관객님들께 먼저 감사드립니다."

그제야 아주 작게 박수가 나왔다. 전체적으로 반응이 무덤

덤했다. 하지만 이현아는 만족하며 짧게 멘트를 이어갔다.

"길게 말을 하는 것보다, 노래를 들려드리는 게 나을 것 같습니다. 저희가 먼저 들려드릴 곡은, SBB 드라마 '그의 병원'의 OST, '마음이 아프다'입니다. 잘 들어주세요."

작은 박수소리와 함께 이현아의 노래가 시작되었다.

모던파머는 동시간대 시청률뿐만 아니라 전체 예능 시청률마저 상위를 다툴 정도로 큰 인기를 끌고 있었다. 상대적으로 소외되었던 농촌 어르신들과의 에피소드도 많았고 현장에서 1박 2일을 보내며 농촌에서 일어나는 여러 가지 일을 해야 한다는 컨셉으로 리얼리티 또한 잘 살려냈다는 평가를 받았다. 또한 갖가지 캐릭터가 잘 어우러진 것도 한몫했다.

그 중심에는 이삼순이 있었다. 작고 가녀린 소녀 같은 외모와는 다르게 서슴없이 닭을 잡고 경운기 같은 기계도 척척 다루며, 마을 사람들과도 스스럼없이 어울리는 넉살이 사람들의 마음을 사로잡았다. 특이하게도 이삼순은 안티팬이 없다는 말까지 돌 정도로 그녀는 두루 사랑을 받고 있었다.

이현지는 정혜진이 올린 이삼순에 대한 보고서를 읽고는 사인을 했다.

"이만하면 더 말할 건 없네. 잘하고 있네. 반응도 좋고 방송에 나오는 시간도 가장 길어."

그녀의 이야기를 듣고 이삼순은 고개를 끄덕였다. 최근 인기를 얻고 있어서인지 이삼순의 얼굴은 많이 밝았다. 이삼순은 큰 눈을 깜빡이며 주변을 돌아보더니, 강윤의 빈자리를 발견하곤 물었다.

"사장님은 어디 가셨어요?"

"경남 쪽에 하얀달빛하고 내려가셨어. 며칠 동안 그쪽에 계실 거야."

"아……"

이삼순이 뭔가 아쉬운지 고개를 끄덕이자, 이현지가 장난스러운 미소를 지으며 물었다.

"왜 그러니? 좋은 보고를 듣는데 사장님이 없어서 아쉽니?"

"어? 어떻게 아셨어요?"

"관심법으로 봤지. 후후."

이삼순도 가볍게 받았다. 결과가 좋으니, 두 사람의 대화도 즐거웠다.

더 말할 것이 없는지, 이현지는 서류를 덮었다.

"삼순이한테는 더 할 말이 없어. 워낙 잘하고 있어서. 사장님도 특별히 남기신 이야기도 없고."

"알겠어요."

"앞으로도 계속 잘해줘. 혼자 많이 떴다고 스타병 같은 거 걸리면 안 된다?"

"하하하. 설마요."

이삼순은 말도 안 된다며 손사래를 쳤다.

두 사람의 면담은 웃음 속에서 끝이 났다.

'흐음……'

관객들의 반응을 보며 강윤은 미간을 좁혔다. 이현아의 노래를 듣는 관객들의 반응은 미지근했다.

'빛이 약한 것도 아닌데……'

이현아의 노래와 반주가 어우러지며 만들어진 하얀빛은 사람들을 고루 비추고 있었다. 그런데 이전처럼 격하거나 적극적인 반응이 없으니 강윤은 의아한 생각이 들었다.

"네 이름을~ 불러도 대답이 없고~"

이현아의 노래는 계속되었다. 하얀빛도 연신 밝기를 더해 갔다. 빛의 힘 때문인지 사람들은 계속 모여들었지만 관객들은 간간히 박수를 치거나 작게 호응을 보이는 정도였다.

점점 사람들이 늘어가는 모습을 보니, 강윤은 감을 잡을 수 있었다.

'관객 성향이 무뚝뚝하구나.'

몇몇 관객들이 노래에 호응하려다 주변을 보며 시무룩해져 입을 굳게 닫는 모습이 눈에 들어왔다. 원래 하얀빛을 내면 관객들이 환호하고 격한 반응을 보였던 것과는 판이하게 달랐다.

'은빛이면 어떨지 궁금하네.'

그래도 한번 온 사람들은 거의 가지 않았다. 덕분에 사람들은 계속 늘어만 갔다.

강윤이 여러 가지 경우를 생각하는 사이, 이현아의 노래가 끝이 났다.

"감사합니다."

간간히 박수가 터져 나왔다. 처음 노래를 시작할 때의 시큰둥한 모습에 비하면 큰 반응이었다. 작은 소리의 소중함을 깨닫고 이현아는 차분하게 멘트를 이어갔다.

"다음에 들려드릴 곡은 얼마 전에 유행했던 외국곡인데요, 'Brovo'라는 곡입니다. CF에 삽입이 되기도 했던 곡이니까, 들어보시면 금방 아실 거예요."

관객들은 작은 박수로 이현아를 독려했다.

곧 김진대의 잼배와 정찬규의 기타로 노래가 시작되었다. 이현아는 눈을 감고 감정에 빠져들며 음표를 뿜어내기 시작했다.

　1시간 남짓한 거리 공연이 끝나자 이현아는 격하게 머리를 흔들며 몸을 떨었다.

　"으으으! 아, 힘들어……."

　반응 좋은 공연을 해오다 조용한 관객 앞에서 공연을 하는 게 쉽지는 않았다.

　김진대도 크게 다르지 않았는지 작게 한숨을 쉬었다.

　"내 말이……. 앞에 있던 아줌마 봤어? 눈은 이만큼 치켜 떠 가지곤……."

　"그 뚱땡이 아줌마? 봤지! 으으. 애들은 얼마나 못……."

　그때, 믹서를 정리하던 강윤이 조용히 끼어들었다.

　"그런 험담은 하는 게 아냐."

　그 말에 김진대는 몸을 움찔하며 라인을 말러 가 버렸고 이현아는 어깨를 추욱 늘어뜨렸다. 말로라도 스트레스를 풀고 싶었는데…… 괜스레 풀이 죽어버렸다.

　하지만 그것을 알면서도 강윤은 단호했다.

　"우리 공연을 1시간 가까이 봐주신 관객분이야. 그런 말을 하는 건 예의가 아니지."

　"하지만……."

　"넌 모르는 사람을 위해 1시간을 내라면 낼 수 있겠어?"

이현아는 순간 꿀 먹은 벙어리가 되었다. 와서 앉아만 있었어도 그 관객은 소중한 시간을 들여 노래를 들어준 관객이었다.

"……제가 잘못한 것 같네요. 죄송해요."

"만약 매너 없는 행동을 했다면 단호하게 대처하겠지만, 그게 아니라 보기만 했다면 그런 말을 하는 건 아니라 생각해. 다음부턴 그러지 마."

"네."

강윤은 짧게 잔소리를 끝내고 그녀에게서 돌아섰다.

악기들을 차 안에 정리하니 해는 저물었고 어느새 가로등 불빛이 켜지기 시작했다.

강윤 일행이 차에 올라 이동을 시작하자 이현아가 물었다.

"이제 올라가나요?"

운전대를 잡은 강윤이 평온한 어조로 답했다.

"며칠 동안은 경남 쪽에 머물 생각이야."

"에……."

이현아는 살짝 거부감을 보였다. 최근 신나는 공연만 해와서인지 조금 전같이 반응이 적은 공연이 재미없게 느껴졌다.

'버스킹은 서울에서 해도 될 텐데…….'

내려오기 전에는 지방 버스킹에 가슴이 두근거렸지만, 막상 한번 접하니 환상이 와장창 깨져 나갔다. 이현아는 작게 고개를 끄덕였다.

강윤은 신호등 앞에서 차를 멈추고 말했다.

"3일 뒤에 KBB에서 자체 제작하는 '한밤의 노래'라는 프로그램에 출연할 거야. 그때까진 계속 버스킹을 할 거고."

"KBB요?"

이현아가 고개를 갸웃했다. SBB나 HMC 방송국 등은 익숙했지만 KBB라는 방송국은 처음 들어보았다.

강윤도 그걸 알았는지 설명해 주었다.

"경남 지역 방송국이야. SBB에서 제작한 프로그램을 주로 송출하지만 자체 제작한 방송을 송출하기도 하지."

"지역마다 방송국이 있어요?"

서울 출신에 지역에 대해 잘 모르는 이현아로선 당연한 질문이었다. 강윤은 고개를 끄덕이며 말을 이어갔다.

"전라도, 경상도나 강원도 등의 지역에는 자체 지역 방송국들이 있어. 이들은 서울지역에서 하는 프로그램들을 받아 송출하거나 자체 제작하는 시스템으로 운영하지. 규모가 작은 곳도 있지만, KBB 방송국 같은 경우는 무척 커. 사옥 크기만 보면 SBB랑 맞먹을 거야."

"아아…… 이런 이야기는 처음 들어요. '한밤의 노래'는 어떤 프로예요?"

서울 토박이 이현아에게 이런 이야기는 신세계였다. 지역 방송국이 있다는 것도 처음 듣는데, 프로그램 녹화까지 있다니. 마음이 설렜다.

"'한소라의 프라이데이' 알아?"

"당연하죠. DLE에서 하는 음악방송이잖아요. 아, 거기도 가보고 싶은데……."

이현아에겐 꿈과 같은 무대였다. 아이돌뿐만 아니라 싱어송라이터, 중견가수들까지 초대해 노래를 듣고 토크쇼를 하는 공개방송이었다. 음향이나 관객 등 모든 여건이 최고라 가수들이 가장 선호하는 무대 중 하나였다.

"경남 지역의 그 프로그램이라고 생각하면 돼. 예산이 많지는 않지만, 그래도 유명 가수들도 많이 오니까 긴장해야 해. 오래된 프로그램이야."

"……네."

이현아는 설렘과 긴장 가득한 표정으로 고개를 끄덕였다.

강윤 일행은 미리 예약해 놓은 숙소에 차를 대고 편안한 하룻밤을 보냈다.

다음 날.

오전에 휴식과 몇 가지 볼일을 본 강윤 일행은 역 근처의 한 대학으로 향했다.

대학으로 가는 차 안에서, 강윤이 모두에게 말했다.

"오늘부터는 체력을 잘 비축해야 해. 여러 곳을 돌아야 하니까."

"네!"

모두의 힘찬 대답을 들으며, 강윤은 차에 속도를 더해 갔다.

대학에 도착한 후, 강윤은 공연하기 적합한 장소를 물색했다.

"저기로 가자."

강윤은 학교 내에 있는 작은 호수를 가리켰다. 이현아를 비롯한 모두는 악기와 장비들을 들고 호수 근처 조형물 앞에 악기들을 세팅하기 시작했다.

"저기 공연하나?"

"오빠야. 저기 가ㄴ볼까나?"

학생들이 악기를 세팅하는 것을 보고 호기심을 느끼며 접근하기 시작했다. 학생들은 마치 싸우는 듯한 어조의 경상도 사투리를 연발하며 소리를 맞추는 과정을 구경했다.

"이야, 저 아 이쁘데이."

"연예인인가?"

"에이, 아이다. 딱 봐도 일반인이데이."

남자들은 이현아에게 흥미를 보였다. 큰 귀걸이로 포인트를 준 이현아는 남자들의 눈길을 대번에 사로잡았다.

그렇게 세팅이 끝나고 강윤은 이현아에게 OK사인을 보냈다.

"안녕하세요?"

"오오~"

약간이지만 어제 역에서의 공연보다 사람들의 반응이 있었다. 어제 일로 관객의 반응이 얼마나 소중한지를 깨달은 이현아는 얼굴에 진한 미소를 띠며 말을 이어갔다.

"저희는 하얀달빛이라는 밴드입니다. 혹시 드라마 '그의 병원'이라고 들어보셨나요?"

이현아는 익숙하게 첫 소개를 하며, 사람들의 반응을 이끌었다. 특히 남자들의 반응이 매우 좋았다. 그들은 걸걸한 말투로 빨리 노래를 들려달라며 적극적으로 나섰다.

마이크를 고쳐 잡고 이현아는 강윤에게 사인을 보냈다. 강윤이 고개를 끄덕이자 이현아는 정찬규가 들려주는 멜로디로 음을 잡은 후, 힘 있게 첫 소절을 불렀다.

"나 할 말이 있어~"

첫 소절을 들으니 모인 사람들 대부분이 '아아' 하며 아는 체를 했다. 게다가 노래를 부르는 이가 드라마나 음원에서 듣던 이와 매우 비슷한 목소리였다. 그러다가 누군가가 인터넷을 찾아보고는 수군댔다.

"원래 부르던 가수야!"

"우와, 진짜?!"

작게 시작된 그 말은 순식간에 퍼져 나갔다. 그러자 그녀를 바라보는 눈빛 또한 달라졌다. 젊은 층 사이에서도 '그의 병원'은 매우 큰 화제였다. 게다가 OST가 변동되는 파문까지 일어 확실히 각인이 되어 있었다.

"네 이름을~ 불러도~"

"오오."

"노래 좋다."

이현아의 목소리가 진하게 관객들의 귀에 파고들었다. 사람들은 작은 환호와 함께 천천히 반응을 보이기 시작했다. 그러나 격한 반응은 아니었다. 손을 들고 흔들거나 약간의 소리를 내는 등의 반응이었다.

하지만 어제의 일로 리액션의 소중함을 깨달은 이현아에겐 이 정도 반응도 매우 감사했다. 그녀의 목소리에 힘이 더해지자 손을 흔드는 사람들이 더더욱 많아졌다.

어제보다 사람들의 호응이 좋자 이현아는 힘을 받는지 소리에 깊이를 더해갔다.

'현아 완전히 필 받았네.'

강윤도 이현아의 목소리에 맞춰 믹서를 조절해갔다. 그러자 그녀의 목소리에 힘이 더더욱 실리면서 하얀빛이 더욱 강렬해졌다.

이곳에서도 격하게 호응하는 반응은 없었다. 그러나 그들의 작은 제스처가 이현아에게 힘을 실어주었다. 게다가 사람들도 계속 모여들고 있었다.

"내~ 두 손은 언제나~"

관객들의 반응이 점차 뜨거워지자 이현아의 목소리도 갈수록 힘을 더해갔다.

강시명은 기획팀과의 막바지 기획회의에 열을 올리고 있었다. 그곳에는 이번 기획의 주인공인 가수 장효지도 함께하고 있었다.

"나쁘진 않군요."

최종 결과를 본 강시명 사장이 승인한다는 뜻을 전하자, 기획팀 모두는 깊은 안도의 한숨을 내쉬었다.

기획팀 팀장 민철구가 물었다.

"그럼 1개월 카운트다운 들어가면 되겠습니까?"

강시명 사장은 고개를 끄덕였다.

"들어가세요. 효지 씨도 기획팀장님 말 잘 듣고요."

"네."

장효지는 긴장 어린 표정으로 답했다. 강시명 사장은 어딘지 모르게 함부로 대할 수 없는 분위기가 있었다.

최종승인이 떨어지자, 기획팀 모두가 강시명 사장에게 인사를 하고는 밖으로 나섰다.

장효지도 밖으로 나서려다 강시명에게 고개를 돌렸다.

"할 말 있습니까?"

"저…… 남은 1개월, 잘 부탁드립니다."

강시명 사장은 이를 드러내 웃어 보이며 답했다.

"나야말로 잘 부탁해요."

그녀가 나가고 강시명 사장도 차분히 자신의 업무를 시작했다.

♩ ♪ ♩ ♪ ♩ ♪ ♫ ♩ ♪

며칠 동안, 강윤 일행은 창원 일대를 돌며 거리 공연을 이어갔다. 거기에 SNS에 OST를 내세워 홍보를 해가니, 악기를 세팅하기 시작하면서부터 사람들이 모여들었다.

하지만 문제가 있었다. 생각보다 공연을 할 곳이 많지 않다는 것이었다. 강윤은 몇 개의 포인트를 정했다. 대학, 역, 번화가 광장 등을 돌며 공연을 이어갔다.

뛰거나, 소리 지르는 사람들은 거의 없었다. 하지만 박수로 호응하고 작은 소리로 화답하는 관객들에게 익숙해지니 모두가 그 반응에 힘을 얻었다.

마지막 노래를 남겨두고 이현아가 관객들에게 말했다.

"저희가 내일 KBB 방송국에서 촬영하는 '한밤의 노래'에 녹화하러 가요."

"오."

여기저기서 작은 탄성이 터져 나왔다.

"저희가 방송에 출연하는 건 처음이라…… 많이 긴장되네요. 혹시 시간 되시는 분들은 공개홀로 와주시면 감사?"

"하하하."

가벼운 웃음소리가 터지자 이현아는 신호를 보냈다. 곧 반주가 흘러나오자 그녀는 마이크에 입을 가져갔다.

다음 날, 오후 3시.

강윤 일행은 녹화가 있는 KBB 방송국으로 향했다.

"우와……."

KBB 방송국 앞 사거리에서 이현아는 거대한 사옥을 보며 눈을 휘둥그레 떴다. 강윤에게서 서울에 있는 방송국 못지않은 규모를 자랑한다고 들었는데, 역시 그의 말이 맞았다. 20층은 가뿐히 넘을 것 같은 높이에 깔끔한 외관은 지방에 대해 가지고 있던 그녀의 편견을 모조리 날려 버렸다.

"차희는 언제 오나요?"

김진대의 물음에 강윤이 답했다.

"대현 매니저가 데리고 왔어. 30분 전에 도착했다 하더군."

"아……."

혹시 방송에서도 잼배와 어쿠스틱 기타로 연주하는 버전으로 가는 게 아닐까 걱정했는데, 그건 기우였다. 이차희의 합류는 풀밴드를 가능하게 하니 말이다.

지하 주차장에 차를 주차하고 엘리베이터 앞에 가니 여자 AD가 그들을 기다리고 있었다.

"하얀달빛이십니까?"

"네."

"안녕하세요. 먼저 오신 분들은 대기실에 계십니다. 안내할게요."

강윤 일행은 AD에게 안내를 받아 별관에 있는 공개홀로 향했다. 대기실로 향하니 먼저 도착한 이차희와 김대현 매니저가 그들을 기다리고 있었다. 놀랍게도 1인 대기실이었다.

"차희야!"

"왔어?"

반갑게 목소리를 높이는 이현아와는 달리, 이차희는 차분한 어조로 그녀의 손을 맞잡았다. 이어 김진대와 정찬규도 오랜만에 합류한 이차희를 반갑게 맞아주었다.

강윤은 고생한 김대현 매니저에게 수고했다고 인사하고 손뼉을 쳤다. 그러자 하얀달빛 멤버 전원이 강윤을 바라보았다.

"곧 드라이 갈 거니까 준비하자. 지역 방송이지만 첫 메이저 무대라 할 수 있어. 잘해보자."

"네!"

하얀달빛은 힘차게 대답하고는 무대로 나섰다.

무대는 솔로 여가수의 드라이 리허설이 한창이었다. 갓 데뷔한 신인 여가수가 트레이닝복을 입고 댄서들과 가볍게 춤을 추며 노래를 하고 있었다. 손에 핸드 마이크를 들고 부르는 터라 쉽지 않은지, 그녀의 표정은 굳어 있었다.

그런 신인의 모습을 보며, 고개를 젓는 이가 있었다.

"……차라리 AR로 가지. 왜 라이브를 고집해 가지고선……."

투덜대는 남자는 '한밤의 노래'의 MC 민성한이었다. 그는 가볍게 고개를 저으며 콧수염을 매만졌다. 마음에 들지 않는다는 제스처였다.

그때, 옆에서 들려오는 소리가 있었다.

"형님도 참, 여전히 까칠하시네요."

"뭐? 누구…… 어?"

이곳에서 자신에게 이런 말을 할 사람은 아무도 없었다.

남자는 어이없다는 얼굴로 옆을 돌아보았다. 그런데 익숙한 얼굴이었다. 큰 키만큼이나 긴 다리에 넓은 어깨까지.

민성한은 언제 그랬냐는 듯, 짜증 섞인 표정을 지우곤 그에게 손을 내밀었다.

"이게 누구신가?! 강윤이 아냐?!"

"오랜만입니다, 형님."

남자, 강윤은 자신의 손을 맞잡은 남자와 가볍게 포옹했다. 그러자 민성한도 반가웠는지 목소리를 더 높여갔다.

"크크, 내 강윤이 네 소식은 계속 듣고 있었지. 이젠 어엿한 사장님이라며?"

"하하, 그렇죠. 형님은 여전하시네요. 후배 애들이 형님 눈에 안 차는 게 당연한 거 아닙니까."

"너도 여전하다. 나만 보면 잔소리질이고."

민성한은 얼굴에 미소를 띠며 강윤의 어깨에 팔을 둘렀다. 크게 변한 게 없는 것 같은 강윤에 대한 반가움이었다.

팔에서 느껴지는 정감에 강윤도 미소를 지으며 말했다.

"후배한테 너무 엄하면 장가가기 힘들 겁니다."

"……눈에 안차는 걸 어떡하라고? 그리고 그게 결혼하고 무슨 상관인데?"

"형님이 20대와 결혼하고 싶어 하셨잖아요. 그것만 아니라면 상관없겠지만……. 지금같이 뻣뻣하면 애들이 형님을

원하지 않을 것 같네요."

"……."

민성한의 나이 41세다. 강윤의 말은 그의 가슴을 푸욱 찔러 깊은 상처를 남겼다. 반론을 꺼낼 건덕지조차 없었다.

"……내가 너니까 참는다, 너니까."

"하하하."

"하여간 우린 변한 게 없네. 좋네, 좋아. 강윤아, 나 너희 회사로 들어갈까?"

"……지금 계신 소속사와 계약이 끝난다면 고려해 볼게요."

"에휴, 됐다, 됐어. 그때까지 언제 기다리냐. 하여간 농담을 못해요."

민성한은 결국 혀를 차며 고개를 흔들었다. 당연히 농담이었다. 그걸 알았는지 강윤도 큰 반응이 없었다.

민성한은 재미없다는 표정을 지으며 화제를 전환했다.

"하얀달빛이라는 애들이 너희 가수 애들이지?"

"네. 모쪼록 잘 부탁드려요."

"하하, 강윤이가 나한테 부탁이란 걸 하네. 맨입으로?"

"……술 한잔 살게요."

"후후. 술만?"

그 말에 강윤은 단호하게 말했다.

"여자는 안 됩니다."

"……쳇. 하여간 저 바른생활 사나이. 알았다, 알았어. 술로 만족하면 되냐? 남자가 말이야, 풍류가 있어야지."

민성한은 투덜거리며 강윤의 등을 두드렸다.

그들이 그렇게 대화를 나누는 사이, 가수들의 리허설이 하나하나 끝나고 하얀달빛의 차례가 되었다. 하얀달빛은 밴드라 드라이 리허설에서 챙겨야 할 것이 많았다. 보컬 소리는 기본이요, 드럼에 각종 악기들도 세팅을 해놓아야 했다. 게다가 앰프 같은 경우, 다른 밴드들도 사용해야 해서 완벽한 세팅도 힘들었다.

"톤이……."

이차희는 톤을 맞추고는 사진을 찍었다. 처음 무대에 올랐을 때, 시간을 조금이라도 줄이기 위해서였다. 정찬규도 마찬가지였다. 김진대의 경우 스네어를 가져왔기에 큰 문제는 없었다. 탐탐을 비롯한 다른 소리들은 기본 소리에 맞춰 나가는 대신, 스네어 톤에 공을 들였다.

곧 멤버 모두 톤을 맞추자 합주가 시작되었다.

"네 이름을~ 불러도~"

이현아는 손가락을 위로 향하며 인이어 소리를 올려달라는 제스처를 취했다. 방송실에서도 그 신호를 보고 바로 인이어에 들어가는 소리들을 올려 주었다.

녹화가 시작되는 시간은 7시였다.

드라이와 함께 카메라 리허설을 마치고 드레스 리허설까지 마치려면 시간이 촉박했다. 그런데 이현아는 소리가 만족스럽지 않은지 계속 톤과 소리를 맞춰달라며 엔지니어와 씨름 중이었다. 보다 못한 윤상환 PD가 엔지니어들에게 다가왔다.

"무슨 문제 있어?"

"큰 문제는 아닙니다. 가수가 워낙 까칠해서요. 듣기엔 톤도 괜찮은데……."

"아, 진짜……."

윤상환 PD는 입술을 가볍게 깨물고는 무대로 향했다.

"저기, 이현아 씨. 뒤에 다른 분들도 대기하고 있는데, 소리 빨리 맞춰주세요."

그의 어조는 강했다. 이현아는 난데없이 날아온 PD의 말에 침을 꿀꺽 삼키고는 힘겹게 고개를 끄덕이려 했다.

그때, 뭔가 이상하다고 느낀 강윤이 무대 뒤에서 앞으로 나섰다.

"PD님. 소리가 맞지 않은 것 같은데, 조금만 시간을 주시면 안 되겠습니까?"

그러나 윤상환 PD는 말도 안 된다며 인상을 썼다.

"안 됩니다. 다른 팀도 남아 있어요. 한 가수에게 너무 시간을 많이 할애하기도 곤란합니다."

강윤은 PD의 입장도 이해했다. 하지만 자신의 입장도 중요했다.

"3분만 기다려 주십시오. 빨리 마무리 짓겠습니다."

"크흠⋯⋯."

3분이라면 어떻게든 될 것 같았다. 잠시 생각해 본 윤상환 PD는 고개를 끄덕였다.

"알겠습니다. 대신 더는 안 됩니다."

"감사합니다."

PD가 자리로 돌아가고 이현아가 강윤을 감격스러운 눈빛으로 바라보았다.

"사장님⋯⋯."

"멍하니 서 있을 시간 없어. 빨리 맞추자."

"네."

이현아는 적극적으로 노래를 부르며 톤과 인이어의 볼륨을 맞췄다. 집중하니 2분 만에 소리를 맞출 수 있었다.

하얀달빛 멤버들은 무대를 내려와 대기실로 향했다. 이제 메이크업을 하고 무대복장으로 갈아입을 시간이었다. 김대현 매니저와 함께 내려온 이진아 코디네이터가 모두에게 옷을 챙겨주었고 김대현은 남자 멤버들이 옷을 챙겨 입는 것을 도왔다.

이현아의 화장에는 강윤이 나섰다.

"……사장님, 메이크업도 하실 줄 아셨어요?"

거울 앞에 앉아, 강윤에게 메이크업을 받는 이현아의 말에는 감탄이 어려 있었다. 강윤의 큰 키와 덩치를 보면 상상도 하기 힘든 모습이었다.

"눈 화장 같은 어려운 화장은 못 해. 피부톤이나 볼터치 정도나 가능하지."

"그 정도면 화장 다 한 거 아니에요? 우와. 화장은 어디서 배우셨어요?"

"매니저 하다 보면 다 된다. 자, 눈 감고."

"아얏."

강윤이 거칠게 파우더를 찍어대자 이현아는 작게 소리를 냈다. 고르게 파우더를 발라 피부톤을 완성한 강윤은 이어 볼터치를 하며 피부에 생기를 주었다. 그러자 한층 어려 보이는 화장이 완성되었다.

"됐다."

"우와."

이현아는 진심으로 놀랐다. 이 정도면 어디에도 뒤처지지 않는 화장법이었다. 물론 메이크업 아티스트에 비하면 손색이 있지만 기본 베이스만큼은 어디에 내놓아도 뒤떨어지지 않았다.

다른 멤버들도 강윤의 그런 모습에 놀랐는지 혀를 내둘렀다.

"……사장님은 능력자야."

"이젠 화장까지. 하하……."

김진대와 정찬규는 질렸는지 고개를 흔들었다.

이현아는 스스로 눈화장을 하고 다른 멤버들도 장비들을 챙기며 막바지 준비를 서둘렀다.

그때, 대기실 문을 두드리고 AD가 들어왔다.

"하얀달빛, 드라이 리허설 준비해 주세요."

"네."

하얀달빛 멤버 모두가 힘차게 외치며, 자리에서 일어나 무대로 향했다.

상해 대극장은 2천 명이 넘는 대인원을 수용할 수 있는 대규모 극장이었다. 평소 경극이나 오페라 등 큰 공연이 이루어지는 상해에서 가장 큰 대극장 중 하나였다.

"이 영화 참 오래도 걸렸어."

"감독이 워낙 꼴통이잖아요. 배우들 고생이 이만저만이 아니었다더군요."

대극장 안에서, 카메라를 들고 있던 두 남자는 이런저런 대화를 나누고 있었다. 그들은 목에 출입증을 걸고 있었다.

-敵人的武士 制作发表会(적의무사 제작발표회)

대극장 앞에는 커다란 플래카드가 붙어 있었다.

기자들은 연신 플래시를 터뜨리며 빈자리와 플래카드, 그리고 수없이 모여든 사람들을 촬영했다.

-안내 말씀드립니다. 곧 제작발표회가 시작될 예정이니 귀빈 여러분께서는 자리에 착석하여 주시기 바랍니다.

행사가 시작된다는 안내방송이 나오자 기자들은 플래시 세례를 잠시 멈추고 배치 받은 자리에 앉았다. 카메라와 노트북, 마이크 등 철저한 준비는 기본이었다.

기자들이 모두 착석하자 조명이 어두워지며 화면에 영상이 재생되었다. 일반인에게 공개되는 1분짜리 티저 영상이 아닌, 10분 정도 되는 언론 공개용 트레일러였다.

'영상미 보소……'

'대단하네.'

배우들의 액션신과 그것을 잡는 여러 대의 카메라가 아름다운 영상미를 만들어냈다. 특히 여자 주인공과 악당의 격투신에서 슬로우 모션이 흐르며 갖가지 특수효과들이 동원되는 장면에선 모두가 탄성을 자아냈다. 게다가 그 영상미를 더해주는 이도 한몫했다.

'민진서의 연기는 진짜……. 저런 미인은 대륙에서도 보기 힘들어. 완벽해.'

170이 넘는 큰 키에 긴 다리, 좋은 비율에서 나오는 시원한 액션과 표정연기는 영상미를 극대화시켰다. 가히 여신이라 부를 만한 자태였다.

그러나 그런 그녀가 사막을 구르며 눈에 독기를 품는 연기도 마다 않고 격렬한 액션연기를 펼쳐 나가자 기자들은 저도 모르게 손을 들어 박수를 쳤다. 그리고 영화 개봉일이 공개되며 트레일러는 끝이 났다. 그와 함께 감독을 비롯한 제작진과 배우들이 모습을 드러냈다.

"신명희다!"

"연문위야."

플래시가 여기저기서 터지며 기자들은 열띤 취재경쟁을 벌였다. 일류 배우들의 등장은 기자들을 흥분시키기에 충분했다. 그리고 그 열기의 중심에 아름다운 여인이 있었다.

"아, 거기 옆으로 조금만 비킵시다."

"뭐라는 거야?"

민진서를 촬영하기 위한 경쟁 때문에 몇몇 기자들은 싸움도 불사할 정도였다. 곧 주변의 따가운 시선에 시무룩해지기는 했지만 말이다.

남자 배우 연문위 옆에 있던 민진서는 연이어 터지는 플래시에 부드럽게 인사를 하며 고운 미소를 지었다.

열기가 조금 가라앉자, 감독은 차분히 영화에 대한 이야기를 시작했다. 제작이 오래 걸렸던 이유를 설명하고 오랜 기간 함께 고생한 배우들에게 고마움을 표했다. 그리고 앞으로의 계획을 묻자 잠을 자러 가겠다고 말해 모두에게 웃음을 선사해 주었다.

배우 한 명 한 명에게 질문이 날아들고 민진서의 차례가 되었다. 외국인이었지만, 기자들은 민진서에게 자국 배우들보다 더 많은 질문을 했다. 그만큼 그녀에 대한 관심은 뜨거웠다. 개인적인 질문부터 짓궂은 질문까지 종류도 다양했다. 언론에 잘 노출되지 않는 그녀라 이런 기회는 기자들에게도 매우 소중했다.

민진서에게 날아온 마지막 질문이었다.

"한창 사랑을 꿈꿀 나이일 텐데, 애인은 있으신가요?"

머리에 숱이 없는 기자가 직설적으로 묻자 대기하고 있던 매니저 김주환이 놀라 자리에서 벌떡 일어났다. 그러나 민진서는 차분히 중국어로 답했다.

"사랑을 꿈꾸고 싶은 나이지만, 아직은 꿈도 못 꾸고 있네요. 기자님이 한 명 소개해 주시겠어요?"

"하하하하하."

민진서의 대응은 훌륭했다. 기자는 멋쩍은 웃음과 함께 좋은 사람을 소개해 주겠다는 말로 질문을 마무리했다. 그와 함께 제작발표회장의 분위기는 더더욱 밝아졌다.

1시간이 넘는 제작발표회가 끝나고 민진서에게 매니저 김주환이 다가왔다. 그는 민진서를 데리고 빠르게 제작발표회장을 벗어났다. 기자들을 헤치고 나가는 그의 솜씨는 일품이었다.

상해대극장에서 한참 멀어지자, 그제야 김주환 매니저는 길게 한숨을 쉬었다.

"수고했어."

"오빠도 수고하셨습니다."

민진서도 그제야 신발을 벗고 다리를 모아 앉았다. 그녀의 긴 다리에 맞춰 넓게 개조해 만든 좌석이었다.

김주환 매니저는 백미러에 비친 민진서를 보며 물었다.

"오늘 스케줄도 다 끝났는데, 어디로 갈까? 숙소로? 아니면 쇼핑?"

"공항이요."

"그래, 고…… 뭐? 공항? 어디 가려고?"

김주환 매니저는 기겁했다. 면세점 때문에 공항에 갈 이유도 없었다. 비행기를 타고 어디를 가려는 건지. 모레 아침 일찍부터 스케줄이 있어 비행기를 타고 이동한다면 팍팍한 스케줄을 수행할 수밖에 없었다.

"먼 데 가는 건 영화 잘되고 나면……."

"오래 안 걸려요. 보고 싶은 사람만 잠깐 보고 올 거예요. 공항으로 가주세요. 내일 저녁에 돌아올게요."

이미 몇 년을 함께한 사이다. 김주환 매니저가 민진서의 생각을 모를 리 없었다.

"설마, 거기 가려는 거야? 진서야, 그건……."

"힘들면 여권만 주세요. 표나 수속이야 내가 알아서 하면 되니까."

"진서야……."

막무가내로 밀어붙이는 민진서를 마주하며, 김주환 매니저는 이러지도, 저러지도 못했다.

조광호 CP는 KBB 방송국 자체 프로그램 '한밤의 노래'의 책임 CP였다. 실무를 민성한 PD가 담당한다면 전체적인 책임은 그에게 있었다.

현장에 잘 오지 않는 그였지만, 오늘은 무슨 바람이 불었는지 녹화 현장인 KBB 공개홀에 모습을 드러냈다.

"CP님, 오셨습니까?"

민성한 PD가 90도로 고개를 숙이며 조광호 CP를 맞았다.

"잘하고 있나?"

"네. 지금 잘 진행되고 있습니다."

조광호 CP는 무대로 눈을 돌렸다. 무대 위에는 여자 보컬을 중심으로 하는 밴드가 한창 노래를 부르고 있었다. 맨 앞에는 플래카드까지 든 사람들이 그들의 이름을 부르며 열띤 반응을 보이고 있었다.

인디 밴드나 지역 밴드들이 주를 이루는 프로그램에서 팬이 오는 경우는 드물었다. 조광호 CP는 무대 위의 밴드에게 호기심을 느꼈다.

"저 애들이 그 하얀토끼라는 애들이었나?"

"……하얀달빛입니다."

"아, 그래? 하하하."

그는 멋쩍은 웃음을 짓고는 다시 본론으로 돌아갔다.

"노래 좋네. 보컬이 어려 보이는데 경험이 많은가 봐? 사람들을 잘 이끄네. 우리 프로그램에서 관객들이 저런 반응을 보이는 게 쉽지는 않은데."

조광호 CP는 많은 관객들이 핸드폰을 손을 들고 흔드는 모습이 신기했는지 연신 탄성을 냈다. 많은 사람들이 모이는 음악방송이지만, 서울에서 하는 음악방송처럼 좀 더 활기찬 반응이 없어 아쉬움을 가졌었는데, 저들의 무대는 뭔가 다른 듯했다.

"신인이야?"

"인디에서 막 이쪽으로 넘어 온 신인으로 알고 있습니다. '그의 병원' OST를 부른 가수입니다."

"아, 그 팀이었어?"

조광호 CP는 그제야 알겠다는 듯 만면에 화색을 띠었다. 그 말 많았던 일을 그가 모를 리 없었다.

무대 위, 하얀달빛의 노래는 점점 절정으로 치닫고 있었다. 손만 흔들던 사람들은 어느새 소리도 내며 반응을 보이기 시작했다.

'그러고 보니, SBB에서 그놈이 가수 못 구해서 난리였었지. 저 애들이 싹수가 보이는데?'

그의 머릿속에는 전 방송사에서 아직도 일하고 있는 동료가 떠올랐다.

KBB 방송의 '한밤의 노래' 녹화는 잘 마무리되었다.

하얀달빛에 대한 사람들의 반응도 괜찮았다. 지역 거리공연, SNS 홍보 등이 '한밤의 노래' 녹화장에서 시너지 효과를 발휘하며 그들의 이름을 알리는데 큰 역할을 했다. 하얀달빛은 지역에 확실히 이름을 알린 것이다.

"수고하셨습니다."

강윤과 함께 하얀달빛은 스태프들과 선배 가수들에게 인사를 하러 돌아다녔다. 민성한은 가볍게 손을 흔들며 수고했다 이야기했고 다른 스태프들도 마주 인사하며 그들을 격려해 주었다.

그들은 모두에게 인사를 하고 윤상환 PD에게로 향했다.

"수고하셨습니다."

"수고했어요."

윤상환 PD에게까지 인사한 강윤 일행은 차에 올랐다.

드디어 경남 지역에서의 모든 일정이 끝이 났다.

"후아아아!"

차 안에서, 이현아는 만세를 불렀다. 드디어 집으로 돌아갈 수 있다는 생각이 그녀를 즐겁게 했다.

"그렇게 좋아?"

"네!"

강윤은 피식 웃었다. 그도 사실 피곤했다.

차에 시동을 걸고 막 출발하려는데, 이현지에게서 전화가 왔다. 강윤은 잠시 출발하려는 것을 멈추고 전화를 받았다.

간단한 인사를 하고 용건을 물으니 이현지가 놀란 목소리로 말했다.

−SBB 방송국에서 하얀달빛에게 섭외가 들어왔어요. '음

악이 흐르는 날'이라는 프로그램입니다.

"네? 섭외라니, 너무 갑작스러운데요?"

–추천을 받았다는군요. 일단 내일까지 연락 준다고 했어요. 자세한 건 와서 이야기하죠.

이현지와 통화를 마치고 강윤은 멍한 표정으로 눈을 껌뻑였다.

"왜 그러세요?"

"……궤도에 올랐데."

"네?"

이현아가 반문했지만, 강윤은 멍한 표정으로 연신 그 말을 반복할 뿐이었다.

6화
떴다, 그녀!

"이사님. 기분이 좋아 보이세요."

정혜진은 이현지의 책상에 커피를 놓으며 부드럽게 말했다. 평소의 덤덤한 표정과는 많이 다른 모습이었다.

정혜진의 말에 이현지는 잘 하지 않는 치레 섞인 말도 하며 좋은 기분을 드러냈다.

"그런가요? 후후. 하는 일마다 잘되고 있어서 그런가? 우리 혜진 씨도 오늘 화장이 잘 받았나? 데이트 나가요?"

"아, 그게……."

정혜진은 살며시 몸을 꼬며 고개를 끄덕였다. 영락없이 애인 만나러 가는 여자의 모습이었다. 이현지는 가볍게 표정을 찡그렸다.

"이런이런. 좋겠네. 그런데 어쩐다? 오늘은 일찍 보내주기 힘들 것 같은데?"

"이사니이이임……."

정혜진이 기겁하며 서글픈 눈빛으로 자신을 바라보자, 이현지는 부드럽게 웃으며 답했다.

"미안해요. 하지만 앨범 출시 관련된 일들이라. 빨리 끝내고 가 보도록 해요."

"흐아앙……."

솔로의 강력한 공격을 받은 정혜진은 울상을 짓고 말았다.

정혜진에게 일을 선물해 준 이현지는 루나스로 가기 위해 사무실을 나섰다. 관리인에게서 루나스 예약관리대장을 받기 위해서였다.

그녀가 정문을 나서는데, 웬 낯선 여자가 문 앞을 서성이고 있었다. 긴 외투 밑으로 살짝 드러나는 종아리 라인이 그림과 같은, 흔히 보기 힘든 여자였다.

'누구지?'

이현지는 고개를 갸웃했다. 여자는 계속 월드엔터테인먼트 건물 안에 들어갈지 말지 고민하는지, 문 앞을 왔다 갔다 했다. 얼굴을 가린 채 서성대는 그 모습이 심상치 않았다.

'누구지? 재훈 씨 팬인가?'

이현지는 조심스럽게 여자에게 다가갔다.

"저기, 누구시죠? 누구 만나러 오셨나요?"

이현지는 경계하며 물었다. 언뜻 봐서는 누군지 전혀 알아볼 수 없었다. 얼굴도 제대로 보이지 않고 전신도 다 가려져 있으니…….

"이사 언니."

그런데 여자는 이현지를 보며 소리를 높였다. 그녀는 선글라스를 벗으며 얼굴을 드러냈다.

"에? 지…… 진서?!"

상상도 못할 일이 벌어졌다. 중국에 있어야 민진서가 이곳에 있다니.

이현지는 당황스러움과 반가움에 눈이 화등잔만 해져 그녀에게 다가갔다.

"지, 진서야?! 여, 여긴 어쩐…… 아니, 아니지. 일단 들어가자."

혹여 지나가는 행인이 없나 살피고는 그녀는 서둘러 민진서를 안으로 이끌었다.

사무실 문이 열리자 정혜진이 물었다.

"이사님, 뭐 필요하신 거 있…… 에에에에에엑?!"

무심코 고개를 든 정혜진은 이현지와 함께 들어온 여인을 보고는 들고 있던 펜을 떨어뜨렸다. 잠시 넋을 놓은 그녀는 손님 접대를 위해 바로 탕비실로 향했다.

이현지는 민진서와 소파에 마주앉았다.

"진서야, 이게 얼마만이니? 얼굴이 조금 탄 거니? 그런데 이상하게 더 예뻐진 것 같아."

이현지는 반가움에 그녀의 손을 꼭 잡고 놓지를 않았다. 그녀가 MG엔터테인먼트에서 나오기 전까지, 가장 신경을 썼던 연예인이 민진서였다. 그 덕분에 그녀와 민진서의 사이는 가까웠다.

민진서도 이현지를 봐서 좋은지 얼굴에 웃음꽃이 피었다.

"이사 언니는 여전하시네요. 여전히 동안이세요."

"말이라도 고마워. 이젠 나이만 먹고 있는걸. 영화 촬영은 끝난 거야?"

"네. 어제 제작발표회까지 마쳤어요."

"그래? 어땠어? 중국에서 밥은 잘 챙겨 먹었고?"

곧 정혜진이 커피와 차를 내왔다. 커피를 마신 지 얼마 되지 않은 이현지에게는 녹차, 민진서 앞에는 커피를 놓았다.

"감사합니다."

민진서가 고운 목소리로 감사를 표하자, 정혜진은 살며시 몸을 떨었다.

"아, 저……."

민진서가 큰 눈으로 자신을 바라보자 정혜진은 순간 말문이 막혔다. 큰 눈에 오뚝한 코, 도톰한 입술에 날선 턱선과 긴 목은 미인의 조건을 모두 갖추고 있었다. 여자가 봐도 빠져들 것 같은 외모였다. 숨 막힌다는 표현은 이럴 때 쓰는 듯했다.

그때, 이현지가 차분하게 그녀를 불렀다.

"혜진 씨."

"네, 네!"

간신히 정신을 수습한 정혜진은 자신의 자리로 돌아갔다.

민진서에게 가장 중요한 것은 강윤에 대한 것이었다. 처음에 들어올 때부터 강윤의 빈자리가 가장 먼저 눈에 들어왔다.

"선생님은 어디 나가셨나요?"

"사장님? 오늘 민아랑 HMC 방송국 갔어."

"민아 언니랑요? 아, 그러고 보니 에디오스가 월드 엔터하고 계약을 했지요?"

"맞아. 둘 다 대단하지. 이런 작은 회사에 사장님 말만 믿고 덜커덕 온 에디오스나, 반드시 복귀시켜 주겠다며 그걸 이루고 있는 사장님이나. 사장님한테 연락할까?"

"아니에요. 바쁘실 텐데, 그냥 기다릴게요."

두 사람이 여러 가지 이야기를 하다 보니 30분이 훌쩍 지나갔다.

이윽고 사무실 문이 열리며 인기척이 났다.

"······하아"

"아, 진짜. 아저씨, 제 말 좀 들어보세요."

짧은 한숨과 함께 강윤이 모습을 드러냈다. 그의 뒤에는 정민아가 그의 팔을 잡으며 뭔가 할 말이 있다는 양 가볍게 얼굴을 찌푸리고 있었다.

강윤은 가볍게 정민아를 향해 웃고는 사무실로 눈을 돌렸다.

"손님이 오셨나? 아······."

누군지 알아차릴 틈도 없이, 강윤은 묵직한 무게감을 느꼈다. 그것은 강윤을 강하게 붙잡고는 크게 외쳤다.

"선생님!"

"지, 진서?!"

강윤은 생각지도 못한 만남에 놀라움을 감추지 못했다. 아니, 놀랄 틈도 없었다. 강윤을 보자마자 막힌 뭔가가 뚫렸는지, 민진서는 거세게 감정을 토해내기 시작했다.

"선생님, 선생님!"

"하하, 진서야. 오랜만이다."

"흑흑······."

감정이 격앙된 걸까? 그의 가슴이 눈물로 젖어들었다. 강윤은 반가움과 당혹감을 뒤로 물리고 차분히 그녀의 등을 다독였다.

'진서?!'

반가움과 당황스러움이 교차하는 건 정민아도 마찬가지였다. 저도 모르게 강윤의 팔을 놓아버린 그녀는 이러지도 저러지도 못하는 상태에서 눈에 힘을 주며 강윤의 등만 노려보는 꼴이 되었다.

그걸 아는지 모르는지, 강윤은 연신 감정을 토해내는 민진서를 달래느라 정신이 없었다.

"진서야. 일단 진정하고……."

"흑흑……."

"이런이런."

강윤은 민진서의 등을 다독이며 조금이라도 그녀를 진정시키려 노력했다.

정혜진은 상상도 못할 장면에 눈이 화등잔만 해졌다.

'저, 저…… 민진서가?!'

어린 나이지만 능히 대한민국 최고의 배우라고 칭할 수 있는 민진서였다. 그런 대배우가 강윤의 품에 안겨 갖가지 감정을 다 드러내고 있으니 놀라울 따름이었다.

월드엔터테인먼트에서 별별 경험을 다 해본 그녀였지만 지금 이 모습은 NO.1에 이를 충격을 선사했다.

이현지는 그럴 줄 알았다며 고개를 가볍게 저을 뿐이었다.

한참이 지나서야 민진서는 간신히 진정되었다.

잠시 후 강윤과 민진서, 이현지와 정민아까지 모두 함께 자리에 앉았다.

"이제 진정이 됐어?"

"……네."

강윤의 물음에 민진서는 붉어진 눈을 아래로 떨어트리며 살며시 고개를 끄덕였다. 강윤은 피식 웃었다.

"진서는 변한 게 없구나. 감정 풍부한 것도 그렇고."

"그건……."

이현지의 그 말을 민진서는 부정하지 못했다. 그녀 스스로도 이럴 줄은 생각도 못했다. 익숙한 목소리를 듣고 그의 얼굴을 보니 갑자기 코끝이 시큰해지며 가슴이 먹먹해져 왔다. 그래서 저도 모르게 내달리게 됐다.

……물론 지금은 이불을 걷어 찰 생각밖에 들지 않지만 말이다.

"중국에서 언제 온 거야?"

"어젯밤에 왔어요."

정민아의 물음에 민진서는 감정을 추스르며 답했다.

강윤은 정혜진이 가져다 준 차를 입에 가져가며 물었다.

"한국에는 오랜만에 오는 거지?"

"네. 1년도 넘어가는 것 같아요. 한국에 오랜만에 오니까 너무 좋아요."

"그렇겠다."

평소의 조용하던 민진서는 없었다. 그녀는 회사와 자신의 활동 등 여러 가지 이야기에 열을 올렸다. 강윤을 비롯한 이현지, 정민아까지 그녀의 이야기에 추임새를 넣으며 대화에 열기를 불어넣었다.

그러다 화제가 에디오스로 향했다.

"언니들이 잘되고 있는 것 같아서 다행이에요. 재계약이 어떻게 되나, 걱정 많이 했었거든요."

민진서의 말에 정민아가 답했다.

"작년 11월이구나. 그때 가수를 그만해야 하나, 그런 생각까지 들었었어. 연습도 그런 생각을 잊기 위해서 했던 것 같아. 아무도 찾아주지도 않고 무대는 서고 싶고…… 그런데 기적이 일어났어."

정민아는 강윤을 바라봤다. 누구도 찾아주지 않았을 때, 강윤이 나타난 것은 하나의 기적과도 같았다. 그때를 이야기하며 정민아는 강윤의 팔을 가볍게 꼬옥 잡았다.

그러자 강윤이 멋쩍은 듯 이야기했다.

"누누이 이야기하지만 가능성이 있다 생각해서 계약을 한 거야. MG와 내가 생각이 달랐던 거지."

"그럼 저는 어떤가요?"

그때, 민진서가 강윤과 눈을 마주했다.

"응? 무슨 말이니?"

"제 가능성은 어떤가요?"

강윤은 눈을 껌뻑였다. 한국, 중국을 통틀어 최고의 위치에 있는 여배우가 가능성을 묻다니. 강윤은 웃음만 나왔다. 하지만 진지한 그녀의 눈을 보니 무슨 의도가 있는 것 같았다.

"진서는 개화된 꽃이라 할 수 있지. 가능성보다 이게 적절한 표현 같다."

강윤의 표현에 이현지가 박수를 치며 동의했다.

"맞네요. 활짝 핀 꽃. 주변에 벌들을 끌어들이는 꽃. 진서하고 딱이군요."

강윤이 고개를 끄덕이며 동의할 때, 민진서가 끼어들었다.

"혹시 월드에 저 같은 꽃은 필요하지 않으신가요?"

"지금 그게……!"

강윤의 눈이 휘둥그레졌다. 이현지도 마찬가지였다.

그녀의 말은 MG엔터테인먼트에서 월드엔터테인먼트로 소속사를 옮기겠다는 뜻이었다.

간신히 당황스러운 감정을 수습한 강윤은 헛기침을 하곤 말했다.

"진서야. 어른을 놀리면 못……."

"제가 농담할 줄 모르는 거 잘 아시잖아요."

"……."

민진서는 한없이 진지했다. 그 모습에 강윤은 말문이 막혀 버렸다.

이건 진짜였다.

이현지는 정민아와 함께 자리에서 일어났다.

"아무래도, 우린 빠져야 할 것 같네요. 두 사람 이야기 나누고 결과 나중에 말해줘요."

이현지는 정민아와 함께 사무실을 나섰다. 정혜진도 눈치를 보다 조용히 그 뒤를 따랐다.

둘만 남은 사무실에서 강윤은 차분히 말했다.

"MG하고 계약이 꽤 남아 있는 걸로 아는데. 그런데 이쪽으로 오겠다는 거니?"

"……그런 건 아무래도 상관없어요."

"진서야."

회사에서 무슨 일이 있었던 걸까. 강윤이 타일렀지만, 민진서의 눈은 단호했다.

"위약금이야 물면 그만이에요. 돈이야 아무래도 상관없으니까요. 그까짓 돈…… 절 기계처럼 여기는 사람들한테 다 안겨주면 그만이에요."

"……."

강윤은 쉽게 말을 꺼낼 수가 없었다. 엔터테인먼트 사장으로선 반가운 말이었지만, 민진서를 이쪽 세계로 끌어온 사람으로서, 그는 마음이 쓰려왔다.

"이사들이 많이 힘들게 하니?"

"선생님 가신 이후로…… 이미 끝났죠. 하지만 직접적으로 뭐라고 한 적은 없었어요. 이래봬도 저 잘나가잖아요."

민진서가 살짝 혀를 내밀며 웃자 강윤도 어깨를 으쓱였다.

"아 녀석이. 장난도 칠 줄 아네?"

"당연하죠. 시간이 얼마나 흘렀는데요. 아무튼 제 조건은 간단해요. 월드엔터테인먼트의 이강윤 사장님과 계약하고 싶어요. 계약금? 위약금? 솔직히 그리 필요하진 않네요. 뒷말 나오지 않게 정리는 제가 깔끔하게 하고 나올게요."

민진서는 각오를 단단히 하고 왔는지, 속에 있는 것을 다 드러내보였다. 단순히 옛 인연들과의 재회가 목적이 아니었다.

월드와 새롭게 계약을 하는 것!

그녀의 진정한 목적이었다.

큰 눈을 빛내는 그녀 앞에 강윤은 함부로 말을 할 수 없었다.

"잠시 생각 좀 해봐도 될까?"

"네."

강윤은 잠시 생각에 잠겼다. 그녀가 제시한 조건은 단연

최상이었다. MG와의 관계는 에디오스와 계약을 한 순간부터 틀어질 것을 각오했기에 상관없었다. 다만 문제가 하나 있었으니, 그건 평판이었다.

'배우가 자기가 위약금 다 물고 계약금도 없이 넘어온다? 그렇다면 분명히 말이 나올 거야. 개인적인 관계부터 심하면 스캔들에까지 휘말릴 수 있겠지. 회사 전반에 좋지 않을 수도 있어.'

민진서와의 계약은 초대형 기삿거리였다. 기자들이 안 꼬일 수가 없었다. 거기에 이런 소문들이 흘러 들어가면 여기저기서 헐뜯고 난리가 날 게 분명했다. 자칫 민진서에게도 악영향이 갈 터.

하지만 회사에서 기계 취급을 받는다는 민진서를 그냥 내버려두고 싶지도 않았다.

강윤은 한참을 생각하다 이윽고 눈에 힘을 주고 답했다.

"진서야. 계약하자."

그 말에 민진서의 얼굴이 꽃과 같이 활짝 피었다.

"네? 정말요? 그럼 당장……."

"하지만 지금은 아냐."

하지만 이어지는 말에 그녀는 시무룩해졌다. 이유를 물으려 하자 강윤이 말을 이어갔다.

"조건을 바꾸자. 진서 네 혼자만의 힘으로 위약금을 다 물고 나온다는 건 말이 안 되는 일이야. 연예인을 그만하고 싶어서 계약을 파기하려는 목적이라면 네가 위약금을 지불하는 게 맞지만, 네 목적은 우리 월드와 새로 계약을 하는 거잖아. 그렇다면 그 비용은 우리가 마련하는 게 맞지."

"하지만 비용이 만만치 않을 거예요. 선생님이 계실 때 맺은 계약 건에 중국 진출 계약 건도 있어서 비용이 매우 클 거예요."

"그럼 그 돈을 네가 혼자 다 물겠다는 거였어? 이거 대책 없네?"

강윤이 도리어 자신을 꾸짖자 민진서는 찔끔했다.

"오래 기다리게 하진 않을게. MG에서 받았던 것 이상으로 해줄 수 있도록 준비하겠어. 그러니까 조금만 기다려 줘."

"······할 수 없네요."

민진서는 아쉬움을 드러냈다. 하지만 강윤에게서 긍정적인 답을 얻었으니 괜찮다고 생각했다.

강윤은 강윤대로 길게 한숨을 내쉬었다. 하얀달빛이 메이저로 오르고 에디오스까지 컴백하면 회사가 안정될 것 같았는데, 자꾸 새로운 과제들이 늘어만 갔다.

"그럼 전 이만 가볼게요."

민진서가 자리에서 일어났다. 비행기 시간이 얼마 남지 않은 탓이었다.

"벌써? 스케줄 있니?"

"네. 바로 가야 해요. 그래도 선생님을 다시 봬서 너무 좋았어요. 여전히 변한 게 없으셨고…….."

민진서는 발걸음이 떨어지지 않았다. 그녀는 강윤의 손을 가볍게 잡았다. 따스한 그의 체온이 느껴지며 마음을 편안하게 해주었다.

"오래 기다리게 하진 말아주세요. 안 그러면 제가 혼자서 다 해치우고 달려올 수도 있으니까."

"그건 참아줘. 너한테도 좋지 않아."

"하하하. 그럼 갈게요."

민진서는 강윤과 가볍게 포옹하고는 월드엔터테인먼트를 나섰다.

가는 길에, 민진서가 조심스럽게 물었다.

"저…… 자주 와도 돼죠?"

"물론. 아무 때나 와."

강윤의 말에 민진서는 편안한 표정으로 고개를 끄덕였다.

인연은 새로운 국면에 접어들었다.

MG엔터테인먼트의 문광식 이사가 머무르는 이사실에서

큰소리가 났다.

"뭐?! 민진서가 한국에?!"

매니저가 아닌, 코디네이터의 전화를 받은 그의 목소리가 좋을 리 없었다. 민진서가 한국에 와서 할 일이란 뻔했다. 누구보다 그를 따랐던 민진서였다. 게다가 강윤은 실패한 에디오스까지 자신의 소속사로 데려가서 컴백을 위해 단계를 밟아가고 있다. 그런 상황에서 민진서에게 회사의 관심이 집중되는 건 당연했다.

"……매니저 새끼는 뭐하고? 알았어!"

문광식 이사는 거칠게 전화를 끊고 씩씩댔다. 일부러 민진서 옆에 회사에 충성하는 매니저를 넣어놨더니만, 이런 보고 하나 제대로 못하다니…….

하지만 관심이 집중된다고 뭘 할 수 있는 것도 아니었다. 주아는 듣는 시늉이라도 하지만 민진서는 대놓고 말을 안 들었다. 그렇다고 노는 파도 아니었다. 잘못이라도 하면 트집이라도 잡아 기를 꺾어놓는데, 트집 잡힐 구석조차 보이지 않으니 오히려 더 문제였다.

그녀는 여러모로 이사들에게 머리 아픈 존재였다.

"애들은 힘들어……."

뒷목을 잡으며 문광식 이사는 청심환 하나를 급히 집어 삼켰다.

7화
R U Ready?!

하얀달빛은 SBB 방송국의 '음악이 흐르는 날' 녹화무대를 가졌다.

녹화무대에서 OST로 시작해 루나스에서 불러왔던 자작곡, 박소영이 편곡한 타가수의 노래까지 3곡을 연이어 부르며 좋은 반응을 얻었다. 방송의 여파가 안방, 인터넷까지 퍼져 나간 건 말할 것도 없었다.

순조로울 것만 같았던 하얀달빛 앞에도 복병은 있었다.

바로 예랑엔터테인먼트의 장효지라는 존재였다.

KS TV 뮤직 카운트에서 무대를 갖는데, 비슷한 컨셉의 두 가수가 맞부딪친 것이다. 인디에서도 라이벌이었던 두 가수의 연은 음악방송에서도 이어졌다.

"……이현아. 우리 생각보다 오래 본다?"

"누가 할 소리."

같은 대기실을 쓰는 이현아와 장효지의 눈에서는 불꽃이 튀었다. 이현아로서는 밴드를 버리고 혼자 메이저에 올라온 장효지가 마음에 안 들었고 장효지는 혼자 잘난 척하는 듯한 이현아가 싫었다. 두 사람은 물과 기름과 같았다.

성적은 두 가수 모두 괜찮았다. 음원차트는 물론 음악방송 자체 순위도 상위권에 링크되며 대중에게 확실히 존재감을 각인시켰다. 게다가 두 가수의 묘한 라이벌 관계가 팬들 사이에 이슈가 되면서 누구의 노래가 더 좋은지 팬들 사이에서 토론이 벌어지기도 했다. 상대방을 공개적으로 비방하는 디스전까지 가지는 않았지만 이런 이슈들은 하나의 마케팅 소재로 활용되었다.

그렇게 하얀달빛의 일은 하나하나 잘 이루어져 가고 있었다. 그들의 메이저 진출이 성공적으로 마무리되면서 월드엔터테인먼트에도 평화가 찾아…….

"요즘 쉴 틈이 없군요."

……오지는 않았다. 여전히 그곳은 전쟁터였다.

이현지는 연이어 날아든 기획서를 보며 작게 한숨지었다. 그녀의 책상 위에는 빈 커피잔이 가득 쌓여 있었다. 게다가 그녀의 볼은 앙상해졌고 다크서클마저 줄넘기하자며 내려와 있었다.

"미안합니다. 에디오스 일만 끝나면 바로 휴가를 보내드리겠습니다."

그녀에게 서류를 건네면서도, 강윤은 미안함을 감추지 못했다. 본격적으로 기획팀을 꾸려서 해야 할 일들을 그들이 직접 처리하려니 힘들었다.

하지만 이렇게 바쁜 사정을 이현지가 모를 리 없었다. 게다가 민진서까지 월드엔터테인먼트로 올 의사를 내비쳤다는 말을 듣고 나니 없던 힘이라도 쥐어짜야겠다며 의욕을 불태웠다.

돈, 자금, Money가 문제였다.

"하얀달빛이 앨범을 낸 지도 2주가 지났네요. OST에 앨범에…… 장기 프로젝트였어요. 현아가 행사 다니느라 힘들어하지는 않나요?"

이현지의 물음에 강윤은 피식 웃으며 답했다.

"돌아다니는 게 체질인지 걱정이 없더군요. 밴드가 행사를 다니는 게 쉽지 않아서 보컬 혼자 도는 일이 많으니…… 그래도 잘 적응한 듯싶습니다. 현아는 경남권에서 행사가 많이 잡힙니다. 그리고 금토일 중 하루는 여전히 루나스에서 공연을 해나가고 있고……. 이대로만 가면 크게 걱정할 건 없을 듯합니다."

두 사람은 하얀달빛 개개인에 대한 논의를 끝내고 폭탄을 던지고 간 민진서에 대한 논의로 넘어갔다.

"사장님. 진서를 정말 받아들일 건가요?"

이현지의 물음에 강윤은 깊은 한숨을 쉬고는 답했다.

"이한서 이사님에게 들은 바로는, 진서가 정신적으로 매우 힘든 것 같습니다. 스스로를 '돈 버는 기계'라 표현할 정도면, MG에서 그녀의 정신적인 면을 전혀 돌보지 않고 있다는 말이나 다름없죠. 만났을 때도 무척 외로워 보였습니다. 기댈 곳이 필요한 것처럼 보였달까……."

"저도 그렇게 보긴 했어요. 하지만 일은 일이에요. 진서가 오면 당연히 좋지만 지금 우리 사정에 소화하기는 결코 쉽지 않아요. 게다가 1년이라는 시간 안에 위약금을 스스로 준비하기도 어렵고요. 진서에게 희망고문만 한 것일지도 몰라요."

이현지는 회의적이었다.

가수들의 수입을 민진서에게만 쏟을 수도 없는 노릇 아닌가? 직원들 월급도 줘야 하고 가수들에게 재투자도 해야 한다. 강윤답지 않게 사장으로서 너무 정에 쏠린 게 아닌가 하는 판단마저 들 정도였다.

그녀의 생각을 알았는지, 강윤이 답을 내놓았다.

"단순히 희망고문으로 끝나지는 않을 겁니다. 이사님 말씀도 맞습니다. 지금 당장 진서를 지원해 줄 역량도 되지 않고 본격적으로 여러 기획사들의 경계도 받게 될 겁니다. 갑자기 너무 튀면 꺾이게 마련이니까요."

"그렇다면 악수라는 걸 알면서, 진서에게 희망만 준 결과인가요? 아니면 진서가 계약이 끝날 때까지 기다릴 생각인가요?"

강윤은 고개를 흔들었다.

"우리나 진서의 상황에 따라 가부가 달라질 것 같습니다. 진서에게 당장 재계약을 논한 이유는 진서같이 얌전한 애들은 한번 이성을 잃으면 일이 걷잡을 수 없이 되어버리기 때문입니다. 최소한 희망이라도 있으면 불같은 행동을 하진 않을 테죠. 진서를 보니 걱정되는 부분이 있었습니다."

"하긴. 진서는 그런 애였죠. 그렇다면 우리는 진서를 받아들이지 않는 건가요?"

"그건 아닙니다. 배우 민진서를 놓치는 건 바보라 생각합니다. 하지만 서로에게 윈윈하기 위해선 진서를 제대로 지원할 시스템이 필요합니다. 결국 그걸 구축할 시간이 필요한 거죠. 전 배우를 전문적으로 담당해 줄 기획팀장을 영입해 위임하는 방향으로 가고 싶습니다. 그렇게만 된다면 가수와 배우를 병행할 수 있는 아이돌 육성도 가능해집니다."

그의 말에 이현지는 맞장구를 쳤다.

"호오. 괜찮네요. 그렇다면 작은 기획사를 인수하는 건 어떨까요? 단기간에 노하우와 시스템을 확보하려면 인수가 제일 좋은 방법이라고 봐요. 능력은 있는데 경영 노하우가 없어 힘을 못 쓰는 사람들이 이 바닥에 제법 되거든요."

"그게 좋겠네요. 그쪽은 이사님에게 맡기겠습니다."

"알겠어요. 나중에 사장님이 아니라 회장님이 될 수도 있겠는데요?"

이현지의 가벼운 농담에 강윤은 어깨를 으쓱이며 자리로 돌아갔다.

그녀가 하얀달빛을 비롯해 회사 업무 여러 가지에 신경을 쓰는 동안, 강윤은 에디오스의 업무를 담은 서류에 사인을 했다.

이제 6월 중순을 향해 달려가는 시점이었다.

에디오스 완전체가 본격적으로 모습을 드러내는 시점은 7월 첫째 주, KS TV를 통해서였다. 거기에 전날 포털 사이트 세이스를 통해 수요일 자정에 티저 영상을 공개하고 목요일 자정에는 본 뮤직비디오가 공개된다.

대형 기획사 못지않은 거대한 규모의 프로젝트였다.

"휴우."

모든 서류에 사인을 마친 강윤은 사무실을 나와 루나스로 향했다.

"에일리, 왼쪽으로 돌아야지."

"미안."

루나스의 연습실에서는 에디오스 전원이 모여 한창 구슬땀을 흘리고 있었다.

대열 중앙에 선 정민아의 이마에서 땀이 바닥에 뚝뚝 떨어졌고 뒤의 서한유도 등이 흥건히 젖어 있었다. 소녀들에게서 흘러내린 코를 찌르는 땀 냄새가 강윤을 자극했다.

그러나 그는 아무렇지도 않은 표정으로 이온음료를 내밀었다.

"다들 고생하네."

"어? 사장님."

정민아가 쪼르르 강윤에게 달려왔다. 이어 에일리를 비롯해 모두가 이온음료에 눈을 빛냈다.

"감사합니다!"

강윤이 오는 시간은 자동으로 휴식시간이었다. 그녀들은 한목소리로 외치며 바닥에 철푸덕 주저앉았다. 이젠 불편해하는 기색도 없이, 모두가 편안한 모습이었다.

모두가 한숨을 돌린 듯하자, 강윤은 용건을 이야기했다.

"뮤직비디오 촬영 일자가 나왔어."

"어?"

"어어? 진짜요? 우와."

강윤의 말에 한주연과 에일리가 대답했다. 그러나 이내 서한유의 찡그린 표정에 찔끔하며 어깨를 움츠렸다. 그 모습에 강윤은 피식 웃으며 말을 계속해 나갔다.

"모레부터 2일간 촬영이야. 촬영지는……."

강윤은 스케줄 표를 나누어주며 본격 스케줄을 알렸다. 그리고 어떤 컨셉으로 찍게 될 것인지에 대해서도 대략적으로 말해주었다. 그녀들은 강윤의 말을 기억하며 고개를 끄덕였다.

"이상이야. 질문 있니?"

손을 드는 이는 없었다. 전달을 마친 강윤은 자리에서 일어나 문을 나섰다. 더 머물러서 연습에 방해가 되고 싶지 않았다.

그런데, 강윤이 문을 닫으려는데 뒤에서 인기척이 났다. 정민아였다.

"무슨 일 있어?"

"그냥, 상담할 게 있어서요."

상담이라는 말에 강윤은 놀라 그녀와 함께 창가로 향했다. 혹여 가수에게 무슨 일이라도 생기면 큰일이었다.

"왜 그래? 안 좋은 일이라도 있어?"

강윤이 걱정스러운 얼굴로 물으니 정민아는 순간 미안해졌다. 사실 민진서랑 무슨 일이 있었냐고 물어보려고 나온 것이었다. 그런데 지금 그런 이야기를 했다간 큰일 날 것 같은 분위기였다.

"그게……."

"왜? 어려운 말이야?"

"……아뇨, 사실…… 헤헤."

정민아가 멋쩍은 듯 혀를 내밀자 강윤이 혀를 차며 한숨을 쉬었다. 장난이라는 걸 안 탓이었다.

"아얏!"

결국, 결과는 꿀밤 한 대였다.

"사장님을 놀리냐?"

"아야야…… 아파요."

"됐다. 연습 열심히 하고."

"……네에."

정민아는 강윤이 빠른 걸음으로 가는 모습을 지켜보며 혀를 쏘옥 내밀었다.

"하여간, 저 일벌레. 흥이다."

그러나 말과는 다르게 그녀는 저 일벌레가 싫지 않았다.

아니, 좋았다.

헬로틴트.

MG엔터테인먼트에서 현재 강하게 마케팅하고 있는 신인 걸그룹이다. 아니, 데뷔한 지 1년이 넘었으니 신인이라고 말하기도 애매했다. 하지만 현재 데뷔한 MG엔터테인먼트 가수들 중 가장 후배인 건 사실이었다.

헬로틴트의 리더 장민지는 지금 담당이사인 김진호 이사의 집무실에 있었다.

"……네에? 벌써 앨범을 내요?"

장민지는 김진호 이사의 말에 기겁했다. 이전 앨범 활동이 끝난 지 이제 겨우 2달이었다. 그런데 또 앨범을 내자니.

하지만 김진호 이사는 강한 어조로 주장을 이어갔다.

"어차피 8월 컴백이었잖아. 그냥 7월로 당기는 것뿐이야. 왜? 어려워?"

"아니, 그건 아닌데요. 너무 갑작스러워서……."

하지만 김진호 이사는 날선 목소리로 말을 이었다.

"원래 이 바닥이 예상치 못한 일들이 자주 벌어지는 곳이야. 내가 데뷔할 때 말 안 했나?"

"그렇긴 하지만 그래도 저희도 준비할 시간은 필요하잖아요. 고정 프로에 나가는 애들도 있고요."

"이미 녹음도 끝났고 안무는 연습하면 되잖아. 뭐가 문제야? 사람은 때가 되면 다 하게 돼 있어."

"……."

담당 이사의 기가 막힌 말을 들으니, 그녀의 가슴이 활활 타올랐다.

그렇게, 헬로틴트의 컴백 일정은 8월에서 7월로 앞당겨졌다.

에디오스 전원이 모여 밴에 오르니 차 안이 시끌시끌했다. 입을 쉬지 않는 에일리부터 그 말을 받아주는 이삼순, 창가에 기대 잠을 자는 정민아까지. 밴 안은 개성 넘치는 소녀들의 모습으로 활기가 가득했다.

촬영장에 함께 가기 위해 조수석에 오른 강윤은 백미러를 보며 말했다.

"오랜만에 전원이 가는 거니까, 실수하지 않게 조심하고. 오늘 모습이 크게 각인될 수 있어."

"네!"

그녀들의 큰 답에 밴 안이 흔들렸다.

촬영장에 도착하자 강윤은 그녀들과 함께 인사를 하러 다녔다. 감독을 시작으로 카메라 감독, 음향감독에 스태프까지, 모두에게 인사를 하며 다시 에디오스라는 이름을 각인시켰다.

"캬, 에디오스 완전체를 다시 볼 수 있을 줄이야."

"여전히 미인들이야. 예뻐!"

스태프들은 준비하는 동안 함께 그녀들과 사진도 찍고 사인도 받으며 잠시 동안의 여유를 즐겼다.

이윽고 모든 준비가 끝났다.

"촬영 시작하겠습니다!"

AD의 외침과 함께 촬영이 시작되었다.

뮤직비디오 감독 문기선은 매우 디테일을 중요하게 생각하는 사람이었다. 그는 에디오스 멤버들에게 같은 동작을 20번도 넘게 더 시키며 진을 잔뜩 빼놓았다.

처음부터 온 힘을 다해 촬영에 임하던 에일리와 한주연은 금방 지쳐 버렸다.

"하아, 하아…… 주연아. 괜찮아?"

"남 말할 처지가 아닌 것 같은데?"

정민아를 비롯해 서한유나 다른 멤버들은 쌩쌩했다. 문제는 이 두 사람이었다. 하지만 그녀들의 사정을 모르는지 문기선 감독은 쉬지 않고 촬영을 이어나갔다.

"잠깐 쉴까요?"

그렇게 8시간을 내리 촬영하고 결과물을 보고나서야, 그에게서 휴식시간이 나왔다.

에디오스 전원은 너무 힘들어 그 자리에 주저앉고 말았다.

그 자리에 강윤이 다가와 음료수와 수건을 건네주었다.

"아, 감사합니다."

"감사합니다."

모두가 감사를 표하고 간신히 원래 주어진 자리로 돌아왔다.

정민아를 비롯한 모두가 도시락을 까려는데, 이삼순이 외마디 비명을 질렀다.

"으에엑?!"

"이삼순. 왜 그래?"

옆에서 멍하니 앉아 있던 크리스티 안이 얼굴을 찌푸리며 물었다. 그녀는 놀랐는지 가슴에 손을 얹고 있었다.

이삼순은 핸드폰을 보여주며 큰소리로 말했다.

"이 기사 좀 봐. 얘네들, 우리랑 똑같이 나온다는 거 아냐?"

"누군데?"

크리스티 안을 비롯해 에디오스 전원이 느릿하게 발걸음을 옮겼다.

-MG, 헬로틴트, 7월 첫 주 컴백한다. 음원은 금요일 자정 공개……

공교롭게도 에디오스가 음원을 공개하는 날과 같았다.

MG엔터테인먼트의 헬로틴트, 그녀들의 뒤를 잇는 후배들을 모를 리가 없었다.

"이거 우연이야? 음모의 냄새가 스멀스멀 나는데?"

에일리가 이마를 잔뜩 찌푸리자, 크리스티 안이 공감했다.

"흥. 이 사람들이 그렇지. 언제나 우리 앞길이나 막고. 우연이든 아니든 관계……."

그때, 강윤이 고개를 쓰윽 내밀었다. 그의 눈에도 핸드폰에 뜬 기사가 보였다.

강윤은 박수를 쳐 모두를 바로 앉히고는 부드럽게 말했다.

"저게 우연이든 아니든, 크게 중요한 건 아닌 것 같다."

"우……."

한주연이 가볍게 입술을 삐죽이자, 강윤이 씨익 웃었다.

"어차피 우리 상대는 안 될 테니까."

"오오오오!"

"이 참에 화풀이나 한번 해볼까?"

강윤이 장난스럽게 하는 말에 에디오스 모두의 가슴이 활활 불타오르기 시작했다.

♪ ♪♪♪♪♪ ♪♪ ♪

[에디오스, 7월 5일, KS TV로 COME BACK]

에디오스가 올 여름 새 앨범을 발매, 가요계에 컴백한다. 소속사 월드엔터테인먼트는 에디오스가 다음 달 새 앨범을 발매할 예정이라고 밝히며 오랜 기간 기다려 주신 팬 분들의 기대에 반드시 부응하겠다는 포부를 밝혔다. 에디오스는 리더 정민아, 메인보컬 한주연, 크리스티 안과 서브보컬 서한유, 에일리, 이삼순으로 구성된 그룹으로 지난 2011년 12월 월드엔터테인먼트와 계약을 맺으며 한국으로 돌아와 활발한…….

"와우."

윤슬엔터테인먼트의 추만지 사장은 포털 사이트를 화려하게 도배한 에디오스 관련 기사들을 보며 흥미 어린 표정을 지었다.

"이강윤 이 사람 이거이거, 기어이 일을 내는군. 하하하! MG가 뿔이 단단히 났겠는데?"

강 건너 불구경하는 사람처럼, 그는 흥미로웠다. MG엔터테인먼트가 폐기하다시피 한 연예인을 받아들이고 컴백까지. 업계 1위 기업에 시원하게 한방을 날린 그의 행보에 추만지 사장은 웃음이 나왔다. 그리고 이어진 기사는 그의 웃음소리를 더 크게 만들었다.

─헬로틴트, 7월 5일 KS TV로 2개월 만에 여름소녀로 돌아와…….

"이거이거, 다윗과 골리앗의 싸움인가? 하하하하하! 아니지, 선배와 후배의 대리전? 이건 뭐지? 크큭. 아이고 배야. 이강윤 그 사람도 이번에 실패하면 그동안 투자한 것들의 손실이 상당할 테니 사활을 걸겠지. 재미있겠어."

이젠 배를 잡고 꺽꺽 소리까지 냈다.

에디오스와 헬로틴트의 같은 날에 이루어지는 컴백 스테이지. 두 걸그룹의 컴백은 월드엔터테인먼트와 MG엔터테인먼트의 대리전이 될 거라는 걸 그가 모를 리 없었다.

"어이쿠, 우린 가을까지는 웅크리고 있어야지. 불똥 튈라."

저런 싸움에 끼어봐야 손해만 볼 뿐이다. 이럴 때는 굿이나 보고 떡이나 먹는 게 최고였다. 그는 과연 강윤이 에디오스를 성공적으로 복귀시킬 수 있을지, 아니면 몰락할지 흥미 있게 지켜보았다.

비가 주적주적 내리는 오후.

강윤은 에디오스의 홍보 전략 협의를 위해 포털 사이트 세이스의 본사에 나와 있었다.

회의실에서 강윤이 건넨 보고서를 천천히 읽은 기승환 상무는 서류를 내려놓으며 차분히 이야기했다.

"쇼케이스와 함께 에디오스 전용 카테고리 개설이라, 조회수를 올릴 수 있겠군요. 지난번 버전의 업그레이드판이군요."

기승환 상무가 기획안을 보며 감탄하자 강윤은 웃으며 설명을 이어갔다.

"맞습니다. 쇼케이스 영상과 각종 관련 영상들로 사람들을 잡아놓을 생각입니다. 퀄리티 높은 영상들을 정렬해 사람들이 찾아보기 쉽도록 하면 더 좋을 것 같군요. 세이스의 동영상 캐스트는 본사에서 직접 관리하니 영상의 질은 걱정이 없습니다."

"사후 관리까지 되는 셈이군요. 말하자면 인터넷에 전용 채널을 개설하는 셈이니……."

"맞습니다. 한마디로 정리하면 에디오스 채널이랄까요?"

최근 에디오스의 기세가 심상치 않다는 걸 기승환 상무가 모를 리 없었다. 게다가 가수 민아의 솔로 앨범 쇼케이스 방송을 주관한 이후, 연예기획사에서 관련 제휴들도 많이 들어오고 있었다. 솔로가수 민아보다 더더욱 강한 영향력을 가진 에디오스라면 파급력이 얼마나 클지, 기대감이 컸다.

기승환 상무는 긍정적인 의사를 표했다.

"알겠습니다. 사장님께 결재를 받고 바로 연락을 드리도록 하겠습니다."

"감사합니다."

"기타 방송 등에 대한 협의는 결재 이후 추후에 하도록 하지요."

강윤과 기승환 상무는 악수를 하고 자리에서 일어났다.

기승환 상무의 배웅을 받으며, 강윤은 차를 타고 세이스 본사를 나섰다.

운전을 하며 강윤은 에디오스에 대해 정리해 나갔다.

'이번에는 방송, 온라인까지 모두 공격적으로 홍보 전략을 펼쳐나갈 수 있겠어. 그동안 애들이 포석도 잘 깔아뒀어. 이제 미국에서의 공백은 사라졌다. 문제는 이번 앨범이 사람들의 기대를 얼마나 충족시켜 주는가야.'

대중의 관심은 에디오스가 어떤 변화된 모습으로 존재감을 드러내느냐는 것이었다. 멤버들이 한 명 한 명 활동을 시작할 때마다 모두가 함께 활동하는 모습은 언제 볼 수 있냐며 은연중에 관심을 드러냈었다. 정민아의 싱글앨범이 잘된 원인 중 하나는 팬들의 그런 기대를 조금이나마 충족시켰기 때문이었다.

사이드 브레이크를 올리고 교차로에서 신호를 기다리고 있을 때, 그의 전화가 요란스럽게 울렸다. 세이스의 기승환 상무에게서 온 전화였다.

"네, 이강윤입니다."

기승환 상무와 헤어진 지 1시간도 채 되지 않았다. 그런데 벌써 결재를 받았는가 싶어 의아한 생각이 들었다.

아니나 다를까. 들려온 답은 그리 긍정적이지 않았다.

—죄송합니다. 사장님께 서류를 올렸는데, 이번에는 함께 하기가 힘들 것 같습니다.

강윤은 당황스러웠다. 정민아 건을 생각하면 더 큰 건이라 할 수 있는 에디오스 건을 거절하리라고는 생각하기 힘들었다. 그러나 그는 침착하게 물었다.

"이유가 무엇인지 여쭤 봐도 되겠습니까?"

—에디오스 기획서는 긍정적으로 보셨습니다만, 공교롭게도 같은 주에 쇼케이스를 열자고 제안한 가수가 있습니다. 저희가 두 곳 다 동시에 역량을 기울일 수 있는 상황이 안 돼서…….

기승환 상무는 말끝을 흐렸다. 그의 미안함이 전화기 너머까지 전해져왔다.

강윤은 뭔가 일이 틀어진 것을 느꼈다.

"……알겠습니다."

—죄송합니다. 사장님 뜻이 워낙 완고하시니…….

먼저 무슨 일이 있었는지 알아보는 게 우선이었다. 동시에 두 곳이라는 말에 강윤은 유난히 신경 쓰였다.

월드엔터테인먼트 덕에 음악에 인터넷 생방송 콘텐츠가

유용하다는 것이 처음으로 알려졌고 세이스 측에서도 마케팅에 적극 활용하게 되었다. 그런데 세이스 측에서 뒤통수를 친 꼴이 되고 보니, 강윤은 기가 막혔다.

하지만 강윤은 화를 내는 등의 어리석은 일을 하지 않았다.

"할 수 없지요. 더 좋은 일로 뵈었으면 하네요."

강윤은 민망한 감정을 감추지 못하는 기승환 상무와의 통화를 마쳤다.

'동시에 역량을 기울인다? 누굴까? 혹시 MG인가?'

강윤은 어두운 얼굴로 회사로 들어갔다.

사무실로 돌아가 컴퓨터를 켜고 세이스에 접속하니 포털 사이트 메인에 하나의 배너가 떠 있었다.

[6인의 천사와의 상큼한 만남. 헬로틴트 쇼케이스에 여러분을 초대합니다. 7월 4일 수요일]

메인에 떠 있는 배너를 보며 강윤은 기가 찼다. 설마가 사람 잡는 격이었다.

자신과 이야기가 있기 전에 이미 MG 측과도 협의가 진행 중이었던 것이 분명했다. 배너 제작 시간과 인터넷에 올릴 시간을 고려하면 강윤과 업무 이야기를 하기 전에 이미 협의

중이었다는 이야기였다.

강윤에게 자초지종을 들은 이현지도 이를 부드득 갈았다.

"MG에게 한방 제대로 먹었네요."

세이스 입장에서 보면 규모가 큰 MG엔터테인먼트와 계약하는 게 이익일지 몰랐다. 하지만 이현지는 이를 갈며 노기를 숨기지 못했다.

하지만 이미 지난 일이었다. 강윤은 냉정했다.

"세이스와의 제휴는 이번엔 힘들다고 봐야 할 것 같습니다. MG의 입김이 작용하고 있을 테니 말입니다."

"……."

이현지는 침묵했다. 무언의 동의였다.

"그래도 다행인 건 방송 쪽은 에디오스 애들이 유닛 활동을 하면서 꽉 잡고 있다는 겁니다. 그쪽에 더 집중을 하는 게 나을 것 같습니다. 온라인은 튠을 활용하는 방향으로 가면 쇼케이스의 홍보를 어느 정도는 따라갈 수 있으리라 생각합니다. 그래도 뮤비가 잘 뽑혔고 거기에 공연 영상, 방송 영상 등을 퀄리티 있게 올리면 충분히 사람들을 끌어모을 수 있습니다. 그러기 위해서는 지난번에 말씀하셨던 그 카메라 회사들이 필요할 것 같군요."

"아. 다 처리해놨어요. 결과는 사장님 책상 위에 있어요."

"감사합니다. 에디오스는 아예 전속으로 영상 전문가가

따라붙는 걸로 갔으면 합니다."

"······힘들군요. 알겠어요."

이현지는 밴의 한정된 좌석을 걱정하며 한숨을 쉬었다. 자칫 버스까지 구입해야 하는 게 아닐까 하는 불안감이 엄습했다.

강윤의 구상을 실체화하느라 그녀의 머리는 복잡하게 돌아갔다.

'여기인가 보네.'

신계성 기자는 간판에 쓰인 'LUNAS'라는 글씨를 보고 건물 앞에 섰다. 회사 전용 공연장이라 해서 약간의 기대감을 가지고 있었지만, 허름한 건물 외관에 조금은 실망한 모습이었다.

그는 관리인의 안내를 받아 건물 안으로 들어갔다. 그런데 외관과는 달리 깔끔한 내부 모습에 매우 놀랐다. 소공연장과 클럽을 섞어놓은 듯한 디자인이 그의 눈을 유독 사로잡았다.

'이현지 사장님이 계신 곳이라더니, 뭔가 다르긴 다르구나.'

신계성 기자는 내심 감탄하며 관리인의 안내를 받아 위층에 있는 연습실로 향했다. 관리인이 문을 열자 말끔하게 차려입은 에디오스가 그를 기다리고 있었다.

"안녕하십니까? 에디오스입니다."

"아, 네. 안녕하세요."

시계를 보니 약속시간 30분 전이었다. 신계성 기자는 얼떨떨했다. 하지만 에디오스가 과거에도 시간개념이 철저했던 그룹이라는 걸 기억해내곤 안으로 들어갔다.

주위를 둘러보니 월드엔터테인먼트 사장인 강윤과 이사 이현지도 있었다.

"신 기자님, 안녕하세요?"

"어? 이 사장님!"

이현지는 신계성 기자와 구면이었는지 손을 잡으며 반가움을 표했다. 특히 신계성 기자의 얼굴에는 웃음꽃이 피어 있었다.

"우리 애들 잘 부탁드려요."

"하하하. 물론이죠. 걱정 마세요. 아, 이분이……."

"안녕하십니까. 이강윤입니다."

신계성 기자는 자신보다 머리 하나는 더 큰 강윤의 모습에 침을 꿀꺽 삼키며 인사를 건넸다.

강윤은 그의 손을 잡고 좋은 기사를 부탁한다며 극진한 예우를 표했다. 이미 안에는 커피와 다과까지 준비되어 있었다.

이런 대접을 받을 거라곤 생각도 못한 신계성 기자는 민망함에 볼을 긁적였다.

"이거, 너무 편애해 주셔서 공정성에 어긋나는 거 아닐지 모르겠습니다."

신계성 기자의 농담에 강윤도 웃으며 답했다.

"하하하. 그러면 저희야 좋지요."

"아이고."

인터뷰에 들어가기도 전에 분위기는 밝아졌다. 옛 명성을 잃은 에디오스라고 하지만 지금은 어느 정도 회복세에 있었다. 충분히 힘이 있는 그런 가수에게 이런 대접을 받을 거라곤 생각도 못했다.

강윤과 이현지는 편안하게 인터뷰를 하라며 자리를 비워주었다. 에디오스 멤버들도 신계성 기자가 편안하게 일에 전념할 수 있도록 자리도 마련해 주며 배려하는 모습을 보여주었다.

'허허……'

스타에게 이런 대접을 받기란 쉽지 않았다. 그의 마음이 한껏 유해졌다.

그렇게 밝은 분위기에서 인터뷰가 시작되었다.

"먼저 오늘 이렇게 인터뷰에 응해주신 것에 감사드립니다.

2008년부터 2011년까지. 우와, 3년 만에 국내에 앨범을 내셨네요. 오랜만에 돌아왔는데 소감 한 말씀 부탁드립니다."

신계성 기자의 질문에 먼저 나선 건 리더 정민아였다.

"여러 가지 일이 있었는데요. 이렇게 앨범을 낼 수 있어서 매우 기쁘게 생각하고 있습니다. 사실 팬 여러분들이 저희를 기억해 주시는 것만으로도 무척 감사하고 있어요. 이번 앨범도 많이 사랑해 주셨으면 좋겠어요."

"에디오스를 어떻게 잊겠습니까. 이렇게 다들 미인이신데."

그의 말에 모두가 웃었다. 긴장이 조금씩 풀리기 시작했다.

신계성 기자는 준비해 온 자료들을 보며 본격적으로 질문했다.

멤버 개인별 취미를 비롯한 가벼운 소재와 방송에서 있었던 에피소드, 그리고 앞으로 하고 싶은 일 등 여러 가지들을 물었다.

"제가 언제까지 쪼아 언니일 수는 없겠지만, 그래도 지금은 최선을 다하는 게 맞는 것 같아요. 제 어린 팬들을 실망시키지 않도록 최선을 다할 생각입니다."

에일리의 당찬 말까지 모두 정리한 신계성 기자는 마지막으로 질문을 던졌다.

"마지막으로 팬들에게 하시고 싶은 말씀이 있으십니까?"

그러자 멤버들은 대표로 서한유를 지목했다. 그녀는 잠시 망설이다 차분히 이야기했다.

"3년 만에 앨범을 냈습니다. 많이 사랑해 주셨으면 좋겠고요, 저희 앞으로도 최선을 다할 테니까 많은 관심 부탁드립니다. 감사합니다."

1시간에 걸친 인터뷰는 그렇게 끝이 났다.

신계성 기자가 만족한 표정으로 자리에서 일어나자 문을 열고 강윤이 들어왔다.

"수고하셨습니다."

"수고하셨습니다. 덕분에 편안하게 인터뷰할 수 있었네요."

강윤은 신계성 기자와 악수를 했다. 시간, 분위기 모두 기자가 인터뷰하기에 최적이었다.

"좋은 기사 부탁드립니다."

"하하하. 인터뷰가 좋았으니 당연히 그러겠지요? 그럼 다음에 또 뵙겠습니다."

신계성 기자는 모두에게 인사하고 루나스를 나섰다.

포털 사이트 세이스와의 연계에 실패한 강윤은 홍보를 위한 다른 전략을 세워야 했다. 에디오스의 경우, 적절한 홍보를 놓친다면 다른 일을 생각할 수가 없었다.

"오늘은 같이 가지요."

강윤은 다른 가수들의 관리를 하고 있던 이현지를 일으켜 세웠다.

"내가 필요한 일이 있나요?"

"자세한 사항은 가면서 설명하겠습니다."

이현지는 의아한 표정으로 강윤과 함께 차에 올랐다.

강윤은 자연스럽게 문자를 보며 내비게이션에 가산동의 한 디지털타워를 입력했다.

모처럼 조수석에 탄 이현지는 차에 속도가 붙기 시작하자 궁금한 것을 물었다.

"우리 어디로 가는 거지요?"

강윤은 액셀러레이터를 가볍게 밟으며 답했다.

"세이스를 대신할 사람을 만나러 갑니다."

"거대 포털을 대신할 사람이라……. 그럴 사람이 있나요?"

"네."

강윤의 확신에 찬 답에 그녀는 궁금해졌는지 계속 물었다.

"어떤 기업인가요? 가산동에 세이스를 대신할 만한 거대 포털이 있다고는 못 들었는데……."

"파인스톡이라고 아십니까?"

그러자 이현지의 입이 작게 벌어졌다.

"알지요. 요즘 한창 말이 많은 곳이잖아요. 데이터 통신을 이용한 매신저 아니었나요?"

"맞습니다. 혹시 사용하고 계시나요?"

"사용하려고 봤더니 무제한 요금제가 아니면 사용할 수 없다고 하더군요. 통신사들이 참 영악해요. 트래픽이 초과 되서 어쩔 수 없다나. 통신사 전부가 파인스톡 죽이기에 나선 거죠."

이현지는 강하게 불만을 표했다. 사업을 하는 사람답게 그녀의 요금제도 매우 비싼 편이었지만 그보다 더 높은 무제한을 요구하니…….

독점이 주는 폐해를 그녀도 절절히 느끼고 있었다.

"역시 사정에 밝으시군요. 지금 파인스톡 사장을 만나러 가는 길입니다."

"흠…….."

이현지는 잠시 뜸을 들이더니 차분히 이야기했다.

"냉정히 생각해 보면 통신사들의 압박을 파인스톡이 견딜 수 있을지 모르겠네요. 지금 파인스톡은 통신사 압박에 제대로 된 수익모델도 없어서 매우 힘든 시기를 넘어가고 있어요. 차라리 매신저를 유료로 전환하는 게 어떨까 하는 생각까지 들 정도니까요."

그녀의 말에 강윤은 웃을 뿐이었다.

'지금은 파인스톡이 통신사 차단에 끌려 다니는 입장이지만, 통신사들에 대한 사람들의 불만도 만만치 않게 쌓이고 있는 시점이다. 법적으로나 논리적으로나 파인스톡을 차단할 근거가 없으니까. 결국 시간싸움이야.'

고객들의 불만을 언제까지 내리누를 순 없는 법이었다. 적어도 2~3년 뒤에는 파인스톡에 대한 통신사의 제재도 풀린다. 그 시간을 버틸 수 없어서 파인스톡은 부도가 났고 그 콘텐츠를 사들인 세이스가 비슷한 서비스를 실시해서 대박을 냈다.

워낙 굵직한 이슈라 과거가 많이 흐릿해진 강윤도 이 사실은 똑똑히 기억하고 있었다.

"사장님? 무슨 생각을 해요?"

"아, 아닙니다. 이사님. 파인스톡을 이용할 방법을 생각하고 있었습니다."

이현지는 창문을 열었다. 바람에 그녀의 머리가 흩날렸다. 잠시 생각을 정리한 듯, 그녀는 조심스럽게 이야기했다.

"사장님. 세이스 때문에 그러시는 것 같은데, 파인스톡과 제휴하는 거라면 개인적으로 찬성하고 싶지가 않군요. 위험한 기업과 제휴한답시고 통신사들하고 척을 질 이유는 없다고 봐요."

"그럴 만한 가치가 있습니다."

그러자 이현지의 눈이 휘둥그레졌다.

"헤븐차트나 V차트 등에 그들이 불이익을 줄지도 몰라요. 혹시나 순위 조작 같은 일이 벌어지면 우리가 피곤해져요."

"지금은 절 믿고 가보시죠. 지금은 의문이 들어도 조금만 지나면 이게 신의 한수가 될 겁니다."

강윤이 이렇게까지 이야기하니 이현지도 더 할 말이 없었다. 이런 자신감을 보이는 그는 항상 뭔가를 보여줬다.

가산의 한 벤처타워에 도착한 강윤은 통화를 하고는 15층에 위치한 파인스톡 사무실로 향했다.

"어서 오십시오."

여직원이 나와 그들을 맞아주었다. 강윤과 이현지는 가볍게 고개를 끄덕여 인사를 한 후, 안내를 받아 사장실로 들어갔다.

사장실에는 파인스톡의 사장 하세연이 그들을 기다리고 있었다. 하세연은 옅은 눈 화장에 하이힐을 신고 있었다. 그녀의 분위기는 이현지와 비슷했지만, 이현지가 나이에 비해 동안미를 보인다면 하세연은 완숙했다.

"어서 오십시오."

"안녕하십니까."

세 사람은 간단한 소개와 인사를 나눈 후, 자리에 앉았다.

이미 전화로 업무에 관한 대략적인 이야기가 오갔는지, 바로 본론으로 들어갈 수 있었다.

첫 화제는 강윤에게서 나왔다.

"말씀드렸다시피, 저희가 원하는 것은 파인스톡의 플랫폼을 에디오스의 홍보로 활용하는 것입니다."

"저희가 아직 매신저 망만 구축하고 있다는 걸 알고 계신가요?"

그러자 강윤은 씨익 웃었다.

"다른 서비스도 준비하고 계시다는 걸 알고 있습니다. 시기만 재고 있는 거 아닙니까?"

하세연 사장은 웃으며 고개를 끄덕였다.

"당연히 수익형 모델은 준비하고 있지요. 하지만 저희가 자금 사정이 좋지를 않아서요. 아직 때가 아닙니다."

다른 서비스를 제공하고 싶어도, 통신사 압박 등에 의한 외부 요인이 크다는 이유였다.

그 말에 강윤은 차분히 본론을 이야기했다.

"본론을 말씀드리자면 전 서로가 윈윈하는 전략을 사용하고 싶습니다. 파인스톡에 에디오스 채널을 구축하고 싶습니다. 파인스톡에서만 볼 수 있는 동영상을 비롯해 스케줄, 소식 등 에디오스에 대한 궁금한 것들을 언제든지 찾아볼 수 있게 했으면 합니다. 포털 사이트나 홈페이지에서는 제공하지 않는, 파인스톡에서만 제공하는 서비스입니다. 물론, 그것에 대한 사용료도 지불하겠습니다."

매우 좋은 조건이었다.

하세연 사장의 눈에 이채가 떠올랐다.

"그렇게 되면 에디오스 팬뿐만 아니라 궁금해하는 사람들까지 파인스톡으로 끌어올 수 있겠군요. 기존에 있던 사람들에게도 홍보도 되고 말이죠. 윈윈이라, 딱 맞는 말이군요."

그 말에 강윤은 고개를 끄덕였다.

"물론입니다. 파인스톡에서 플랫폼을 제공해 주고 저희는 콘텐츠를 제공합니다. 이게 주요 내용입니다."

"흠……."

하세연 사장은 잠시 침묵했다. 강윤의 제안은 심플하면서 좋은 제안이었다. 하지만 바로 승낙하기에는 사장이라는 그녀의 어깨가 매우 무거웠다.

"확실히 서로에게 좋은 제안이네요. 하지만 저희에게 일방적으로 좋은 제안입니다. 이렇게 되면 그쪽에서는 단순 홍보 외에 얻는 것이 무엇인가요?"

그 말에 강윤은 확신을 가지고 이야기했다.

"저흰 함께 오래 갈 파트너를 찾고 있습니다."

"오래 갈 파트너?"

강윤은 목소리에 힘을 주었다.

"오래갈 수 있는 사업 파트너를 하기란 참으로 어렵습니다. 저희도 매번 홍보에 어려움을 겪고 있죠. 전 파인스톡의 플랫폼을 높이 평가하고 있습니다. 그것을 안정적으로 사용할 수 있다면 저희에겐 큰 이익입니다."

"……."

"답을 기다리겠습니다."

강윤은 할 말을 마치고 자리에서 일어났다.

단기간에 기업 간의 협의가 이루어지는 건 쉬운 일이 아니었다. 강윤은 이현지의 손을 잡고 돌아섰다.

그때였다.

"……알겠습니다. 자세한 건 협의를 해야겠지만, 함께하지요."

승낙이 떨어졌다. 강윤은 기쁜 표정으로 돌아섰다.

"감사합니다."

강윤은 이현지와 마주보며 잠시 씨익 웃고는, 하세연 사장과 손을 맞잡았다.

하세연 사장은 웃으며 이야기했다.

"서로가 윈윈이 되었으면 좋겠네요. 사장님 말대로 서로가 오래 갔으면 하네요. 우리도 사실, 당분간 소득을 거둘 수 입원이 필요하니까요."

그 말에 이현지가 답했다.

"앨범이나 특정 연예인 관련 상품을 파인스톡을 통해 판매하는 것도 생각해 봐야겠네요."

"그렇다면 저희야 감사하죠."

이렇게 되면 일정한 수수료가 발생하기에 파인스톡에도 도움이 된다. 하세연 사장은 기쁜 표정을 지었다.

강윤도 말을 덧붙였다.

"플랫폼이 더 확장되면 서로에게 더 큰 도움이 될 것입니다. 저희는 양질의 콘텐츠를 제공하겠습니다. 그렇게 되면 다른 회사들도 몰려오겠지요. 그때 저희를 생각해 주시면 됩니다."

"걱정 마세요. 아예, 계약서를 쓰도록 할까요?"

하세연은 기쁜 얼굴로 직원에게 계약서를 뽑아오라고 주문했다.

강윤과 하세연.

강력한 시너지 효과를 만들어 낼 두 사람의 만남은 이렇게 시작되었다.

7월 5일 수요일 PM 7시.

밝은 보랏빛 조명과 사이키가 화려하게 수놓인 이태원의 한 클럽에서 헬로틴트의 쇼케이스가 시작되었다.

"와아아아~!"

팬들은 환호하며 소리쳤다. 헬로틴트의 타이틀곡 '캔디'가 클럽 안을 들썩이게 만드는 모습이 여러 대의 카메라로 인터넷에 생중계되었다.

－투명한 넌~ 상쾌한 향기로~ 날 물들여 가고~

6명의 소녀들이 경쾌하면서 화려한 춤사위로 무대 위를 장식했다.

헬로틴트의 쇼케이스가 있기 3시간 전.

다시 돌아온 에디오스의 팬이라 자처하는 한민기는 오늘도 잘 되지 않는 파인스톡을 부여잡고 투덜대고 있었다.

"더럽게 안 터지네. 미친놈의 통신사 진짜……."

이미 인터넷에는 파인스톡이 잘 안 터지는 이유가 통신사의 차단 때문이라며 불만 어린 목소리가 높았다. 게다가 그는 대학생이라 요금제도 낮았다. 그런데 완전 차단이 되는 것도 아니고 됐다 안 됐다 하니 더 불만스러웠다. 통신사도 기술력의 한계로 원천 차단이 불가능했던 것이다.

"진짜 독점은 이래서…… 응?"

도서관에서 나와 잠시 담배타임을 즐기고 있는데 스마트

폰에서 메시지가 떴다. 버전 업데이트를 하라는 것이었다. 그는 자연스럽게 업데이트 버튼을 눌렀다.

그때였다.

"응?! 에디오스?!"

화면 메인에 에디오스가 떡하니 자리 잡은 게 아닌가? 그것도 6명 전원이 모인 완전체였다. 파인스톡에 접속해 보니 대화창 옆에 새로운 메뉴가 하나 더 생겼다. '인터넷 서치'라는 메뉴였다.

그런데, 메뉴를 보니 눈에 가장 먼저 띄는 게 있었다. '에디오스 채널'이었다.

"헐."

바로 눌러 들어가 보니 연습실 동영상부터 스케줄, 티저 영상 등 갖가지 콘텐츠들이 준비되어 있었다. 게다가 멤버별 인터뷰에 연관 방송 편집본까지. 에디오스 관련 자료들 중 재미있는 것들은 이곳에 다 모여 있었다.

"대박일세!"

그는 바로 이어폰을 끼고 영상을 탐닉하기 시작했다. 데이터가 쭈욱쭈욱 빠져나가고 있었지만, 아무 생각이 들지 않았다.

에디오스, 헬로틴트의 앨범 공개!

사람들은 구세대와 신세대의 싸움이라 비유했고 혹자는 작은 소속사와 거대 소속사의 대리전이라 비유하기도 했다.

헬로틴트가 포털 사이트 세이스와 연계해 막강한 화력으로 홍보를 했다면, 에디오스도 수많은 사람이 이용하는 파인스톡과 함께 만만치 않은 화력을 보이니 사람들은 두 걸그룹의 전쟁에 점점 집중하고 있었다.

같은 날 에디오스는 연습 장면과 티저만 공개했고 헬로틴트는 쇼케이스로 앨범을 공개했다. 그러나 둘 다 여론은 비슷했다. 오히려 티저영상을 비롯한 연습실 영상과 일상 등만 공개한 에디오스 측에 사람들의 관심이 더 쏠리면서 인터넷 검색창에는 에디오스의 이름이 더 높은 순위로 올라갔다.

1. 에디오스
2. 파인스톡
3. 파인스톡 서치 서비스
4. 헬로틴트
5. 헬로틴트 쇼케이스
6. 만두파동

7. 세이스 동영상 캐스트

헬로틴트와 에디오스를 두고 여론은 뜨겁게 타올랐다.

쇼케이스가 있기 3시간 전, 에디오스가 터뜨린 포화로 전쟁이 시작되었다. 그리고 결전의 목요일.

KS TV 컴백 스테이지가 다가왔다.

"준비 다 됐니?"

"네!"

숙소 앞에서, 강윤은 에디오스 멤버 한 명 한 명을 모두 챙겼다. 정민아부터 한주연까지, 빠진 것은 없는지 컨디션에 이상이 없는지를 모두 체크하고 난 후, 모두 함께 차에 올랐다.

강윤이 조수석에 오르자 운전대를 잡은 매니저 김대현이 그에게 귓속말을 해왔다.

"한유 컨디션이 좋지 않습니다. 그날이래요."

마법은 날을 가리지 않는다. 격렬한 춤을 춰야 하는 오늘, 이런 핸디캡은 피곤한 일이었다.

그렇다고 강윤이 에스트로겐 같은 것을 먹어 주기 조절을 하라고 권하지도 않았다. 그것에 대해 김대현 매니저가 이미 충분히 준비를 해두었다는 말을 듣고 강윤은 알겠다고 답하고는 차를 출발시켰다.

방송국에 도착하자 모두 준비를 서둘렀다.

에디오스 6명이 동시에 메이크업을 하고 있으니 헬로틴트가 우르르 몰려왔다.

"아, 안녕하십니까? 선배님."

6명의 소녀들이 90도로 고개 숙여 인사를 하니 에디오스 멤버들도 손을 들어 화답했다.

"안녕. 오랜만이네. 오늘 우리 같이 컴백하는구나."

"네, 선배님. 오늘 잘 부탁드립니다."

정민아가 대표로 말하자, 헬로틴트의 멤버 하율이 답했다.

두 가수 사이에 별말은 없었다. 에디오스도 저들이 자신들을 대신해 나온 그룹이라는 걸 잘 알았고 헬로틴트도 불편해했다.

에디오스는 메이크업을 마무리하고는 메이크업실을 나섰다.

"그럼 나중에 봐. 수고하고."

"네, 선배님."

에디오스 전원이 문을 닫고 나서자 헬로틴트 멤버들이 수군대기 시작했다.

"저 선배들은 여전히 뻣뻣하네. 아직도 자기들이 1위인 줄 아나?"

"그러게. 난 그래도 이강윤 팀장님하고 있는 건 진~짜 부러워. 능력 있지, 의리 있지. 키도 완빵 크지. 저런 분이 요즘 어디 있어? 나도 저기로 넘어갈까?"

"아서라. 그 마군이가 들으면 어쩌려고?"

"윽. 끔찍하다. 아무튼 나 강윤 팀장님 완전 좋아. 진호 이사님 왕짜증."

그녀들의 수다로 메이크업실은 시끌시끌했다.

"후배들 보니까 어때?"

대기실로 돌아온 에디오스에게 강윤이 물으니 멤버들은 모두 침묵했다.

강윤은 피식 웃으며 말을 이어갔다.

"감히 예상하는데, 저애들 지금쯤 너희를 와그작와그작 씹고 있을 거야."

"……."

맞는 말이었다. 서한유의 눈빛이 서늘해졌다. 오늘 컨디션도 그리 좋지 않은 탓에 감정의 기복도 약간 있었다.

"지들이 뭔데 우리한테……."

한 명이 그러니 감정은 자연히 퍼져 나갔다.

강윤은 선동을 선호하지는 않았지만 지금은 이런 결기가 필요했다.

"내가 준비한 건 여기까지야. 이젠 너희가 뭔가를 보여 줄 차례야."

"……."

강윤의 말에 에디오스 멤버들의 눈빛이 빛났다.

시간이 되었는지, 문 두드리는 소리와 함께 AD의 목소리가 들려왔다.

"에디오스! 준비해 주세요!"

"자, 이제 가볼까?"

강윤과 함께 에디오스는 결연한 얼굴로 모두 손을 모은 후 자리에서 일어나 무대로 향했다.

무대 위의 카메라는 정신없이 움직이며 가수의 움직임을 포착했다. 형형색색의 조명과 무빙 라이트는 무대를 화려하게 수놓으며 가수를 빛냈고 하늘에 매달린 스피커는 관객들을 삼키며 사람들을 들뜨게 만들었다.

무대 뒤편에서 에디오스 멤버들은 남성 6인조 그룹 트위스텔이 펼치는 무대를 지켜보고 있었다.

"저 애들 춤 좀 봐. 완전 잘 추는데?"

이삼순은 6명의 남자가 온몸으로 웨이브를 타는 모습을 보며 감탄사를 연발했다.

퍼포먼스는 그녀들이 막 데뷔했던 시기보다 한층 더 격렬해지고 화려해졌다. 그 퍼포먼스에 관객들은 열화와 같은 환호를 보내고 있었다.

"확실히 잘하네. 저 애들이 트위스텔이었지?"

"맞아. 쟤네 요즘 인기 많던데?"

크리스티 안의 말에 한주연이 답했다.

트위스텔은 데뷔한 지 1년이 조금 넘은 신인으로 GNB 엔터테인먼트 소속의 남성 그룹이었다. 마른 체격에 준수한 외모를 가진 6명의 남성 멤버가 화려한 퍼포먼스로 팬들을 확보해 나가고 있었다.

서한유가 저들을 보며 옆에 있던 강윤에게 말했다.

"우리 월드도 남성 그룹 하나 있으면 어떨까요? 확실히 남성 그룹이 돈이 된다고 들었거든요."

강윤은 서한유의 말에 그녀의 등을 가볍게 토닥였다. 자신을 걱정해 주는 기분이 들어 대견하다는 생각이 들었다.

"그거 좋은 생각이네. 말해줘서 고마워."

"아니에요. 조금이라도 도움이 되었다니 다행이에요."

이전부터 남성 그룹에 대해 생각은 하고 있었지만, 상황이 여의치 않았다.

MG엔터테인먼트같이 연습생 시스템이 제대로 갖추어진 소속사라면 가수가 될 재목을 수급하는 일이 어렵지 않지만, 월드엔터테인먼트같이 연습생이 거의 없는 경우는 오디션을 보고 또 그 연습생을 따로 훈련시키는 과정이 필요했다. 김지민의 데뷔나 에디오스의 컴백과는 또 다른 문제였다.

하지만 강윤은 욕심이 있었다. 에디오스와 같은 기획 가수는 확실한 회사의 캐시카우니 말이다.

"에디오스, 준비해 주세요!"

강윤이 생각에 잠겨 있을 때, 트위스텔의 무대가 끝났다. PD가 무대 뒤편으로 와 에디오스에게 무대 준비를 알려왔다.

"그럼 잘하고 와."

"네!"

강윤의 격려를 받으며, 에디오스는 무대에 올랐다.

어두워진 무대 옆 MC석에서 에디오스를 소개하는 멘트가 한창 이어졌다. 오랜만에 컴백을 한 에디오스를 소개하는 긴 멘트와 함께 짧은 영상도 나갔다. 에디오스가 구슬땀을 흘리며 연습에 몰입하는 영상과 뮤직비디오 영상을 편집한 15초가량의 영상이었다.

영상이 끝나고 MC가 흥분 가득한 목소리로 외쳤다.

"더 말할 필요가 없네요. 3년 만에 돌아왔습니다! 에디오스!"

MC의 외침과 함께 카메라가 무대로 전환되었다. 모든 조명이 일시에 커지며 MR이 흐르기 시작했다. 그와 함께 뒤로 돌아 앉아 있던 에디오스가 천천히 자리에서 일어나며 마이크를 든 여인, 서한유가 뒤로 돌아섰다.

"기운 내라고~ 함께하자고 말해 줄래~ 내 지친 마음을~
위로해 줄래~"

피아노 반주에 낭랑하게 흘러나오던 노래는 이어 디스토
션 소리로 전환되며 힘찬 드럼소리가 터져 나왔다. 그와 함
께 에디오스 전원이 일제히 돌아서며 무대 앞으로 스텝을 밟
았다.

센터에 서 있던 서한유가 뒤로 들어가며 한주연이 앞으로
나섰다.

"누군가는~ 위로를 원해~ 더 많이~ 더욱 많이~ 하지만
난 평범한 아이~"

한주연이 의문 어린 표정으로 뒤로 들어갔다. 그와 함께
정민아가 앞으로 나섰다. 그녀는 부드러운 웨이브와 함께 마
이크를 잡았다.

"저 바람은 자유롭지~ 하지만 우린 어디로 갈지~"

에디오스의 노래와 춤이 조화를 이루며 강렬한 하얀빛을
만들어냈다. 서한유에게서 시작된 하얀빛은 점점 강해지더
니 정민아의 춤에서 고조되더니 이어 시작된 모두의 노래에
서 크게 폭발하였다.

"하지만 벌써 이만큼 왔어~ 기운 내~ 이 세상 별거 아냐
~ 예에~"

한목소리로 터지는 합창. 그 부분에서 하얀 빛 안에 무언가 다른 빛나는 것이 섞여 나왔다. 6명의 목소리와 군무가 더해지며 그 빛나는 것은 점점 더 하얀빛을 잠식해가며 찬란한 빛을 만들어갔다. 그리고 크리스티 안의 마지막 고조에서 극을 이루었다.

"이 세상~ 즐거운 그~ 이유는 단 하나~ 그건 바로 너! ~ WoW~!"

마지막 1절이 끝나며, 모두가 함께 외치는 부분에서 하얀빛이 완전히 사라졌다. 그와 함께 하얀빛을 잠식하던 그것이 '은빛'을 발하기 시작했다.

이미 그 빛은 맨 앞의 관객을 넘어 중앙, 맨 뒤의 관객들에게까지 골고루 영향을 미치고 있었다.

"와아아~ 사랑해요, 에디오스!"

"미쳤다! 참 진리, 에디오스!"

"민아! 제니! 리스! 서유! 에일리! 주연! 영원하라!"

관객들은 자신들의 손에 든 피켓과 풍선, 야광봉을 들며 마음껏 에디오스와 멤버들의 이름을 외쳤다. 특히 에디오스의 팬클럽, 아리에스의 목청은 누구보다도 컸다.

이어 이삼순을 시작으로 노래는 계속 이어졌다.

찬란한 은빛이 계속 이어지며 에디오스의 4분 남짓한 무대는 성공적으로 마무리되었다.

활동이 끝난 김지민은 할머니와 함께 집에서 즐거운 한 때를 보내고 있었다.

그녀는 데뷔부터 타이틀곡이 음원차트 1위에 오르며 각종 음악 프로그램에서도 1위를 거머쥐는 등 많은 인기를 누렸다. 덕분에 행사도 많이 다녀 수익도 많이 거두었다.

집도 새로 구입하고 생활도 윤택해져 할머니와 편안하게 살 수 있게 되었다. 그녀는 요새 행복했다.

"하하하, 그래서 사장님이……."

동네의 작은 언덕을 오르며 김지민은 할머니와 소소한 이야기를 나누었다.

그녀는 평범한 트레이닝복을 입고 동네 마트를 다녀오는 길이었다. 이제 꽤 알려진 스타였지만 그녀는 소탈한 모습으로 동네에서도 유명 인사였다.

그런데 집 앞에 가벼운 정장 차림을 한 여성이 있었다. 그녀는 김지민을 보더니 아는 척하며 다가왔다.

"김지민 씨?"

"누구세요?"

김지민이 의문스러운 표정으로 경계하자 할머니가 여자를 가로막았다. 그러자 여자는 수상한 사람이 아니라며 손사래를 치고는 한 발자국 물러났다.

"전 수상한 사람은 아니에요. 전 뮤지엔터테인먼트에서 온 한정주라고 해요."

"뮤지? 무슨 일이에요?"

김지민이 의아해하며 묻자 그녀는 명함과 서류 하나를 그녀에게 내밀었다.

"오늘은 이것만 전달해드리고 갈게요. 마음에 든다면 나중에 꼭 연락주세요."

여자는 긴 말은 하지 않고 그대로 가버렸다. 김지민은 명함을 보며 고개를 갸웃했다.

"뭐지?"

그녀는 바로 서류를 열어 보았다. 서류 안에는 뮤지엔터테인먼트를 소개하는 문서, 그리고 '계약 조건'이 적혀 있었다.

한마디로 월드엔터테인먼트와의 계약을 파기하고 뮤지엔터테인먼트와 계약하자는 이야기였다. 이제 막 뜬 신인에게 걸어오는 흔한 캐스팅이었다.

'허? 이게 무슨 말이야?! 나더러 배신하라는 거야?!'

김지민은 코웃음을 쳤다.

아무도 알아주지 않던 시기, 자신을 발견하고 키워내 스타로 만들어 낸 사람이 강윤이었다. 계약이 끝나지도 않았는데, 조금 이름을 얻었다고 휙 나가 버린다? 생각만 해도 어이가 없었다.

화가 치민 그녀는 서류와 명함을 옆에 있는 쓰레기통에 던져버리곤 발까지 넣어 꾸욱꾸욱 밟아버렸다.

그 모습에 할머니가 물었다.

"지민아. 왜 그러니?"

"쓰레기가 넘칠까 봐……."

할머니는 반도 차지 않은 쓰레기통을 계속 밟는 김지민을 의아하게 바라볼 뿐이었다.

3년.

에디오스는 3년 만에 충격적인 컴백 스테이지를 가졌다.

정민아가 세이스라는 포털 사이트를 통해 새로운 마케팅 방식을 선보였다면, 에디오스는 누구나 사용하는 파인스톡이라는 수단으로 '에디오스 채널'이라는 것을 구축해 친숙함으로 승부를 걸었다. 파인스톡 대화창 옆을 슬라이드로 넘기면 에디오스 채널이 덩그러니 있으니 에디오스에 대한 접근이 무척 쉬웠다. 그 간편한 접근 방식이 자연스럽게 홍보로 이어진 것이다.

거기에 KS TV를 통한 컴백 스테이지가 큰 화제를 불러일으키면서 파인스톡을 통한 사람들의 접근은 더더욱 많아졌다. 에디오스에 대한 자료들 중 파인스톡에서만 볼 수 있는 자료들도 상당했다. 그로 인해 파인스톡을 사용하기 시작한 사람도 많아졌다.

강윤이 말한 윈윈효과가 제대로 나타나고 있었다.

직원이 올린 보고서를 꼼꼼하게 검토하며, 하세연 사장은 진한 한숨을 내쉬었다.

"……일주일 만에 이런 성과라니, 놀랍네요."

그녀는 보고서를 천천히 넘기며 진심으로 감탄했다. 에디오스 컴백 이후, 고작 일주일이 지났다. 그런데 성과는 눈부셨다.

강윤은 부드러운 어조로 말했다.

"좋은 결과가 나오고 있어서 다행입니다. 아, 이르면 다음 주 중에 파인스톡에 수수료를 지급할 수 있을 것 같습니다."

"계약서상으론 대금 지급은 한 달 뒤로 알고 있는데, 그렇게 해주시면 저희야 감사하죠."

하세연 사장은 강윤의 이런 배려가 고마웠다. 사실, 지금의 파인스톡은 강윤에게 제공한 플랫폼 외에 수익모델이 따로 없었다. 아직은 무료로 제공하는 서비스가 대부분이었기 때문이었다.

강윤은 그녀의 감사인사에 괜찮다며 손을 저으며 말했다.

"이제 같이 가는 사이입니다. 서로가 잘돼야지요."

"후, 조금은 실감이 나네요. 아, 더 필요하신 거 있나요? 다른 가수 홍보라던가……."

그녀의 호의적인 말에 강윤은 커피잔을 내려놓으며 답했다.

"아직은 구상 중이지만, 파인스톡에서 음원 스트리밍 서비스를 제공했으면 합니다. 저희가 그 사업에 함께했으면 하는 바람이 있습니다."

"스트리밍…… 서비스요?"

하세연 사장의 표정에 이채가 서렸다. 음원 서비스까지는 아직 생각을 해보지 않았다. 하지만 통신사들이 음원서비스를 통해 얼마나 큰 이익을 누리고 있는지는 매우 잘 알고 있었다.

강윤은 차분히 설명했다.

"파인스톡이 플랫폼을 잘 형성한다면 충분히 가능성이 있다고 생각합니다. 통신사들이 운영하는 음원사이트들은 음악인들에게 주는 비용이 너무 적습니다. 유통사의 비율이 너무 큰 데 반해 음악을 직접 만드는 작곡가나 노래하는 가수에게 돌아가는 비율이 너무 낮습니다. 전 이런 악순환을 조금이라도 줄이고 싶습니다."

"흠……."

강윤의 제안은 매력적이었다. 플랫폼이 형성되어 음악인들에게 좀 더 대우해 주는 음원사이트를 만들어주면 그들도 더 양질의 음원을 공급해 줄 것이다. 이미지 재고도 되고 사람들도 좋은 음원을 제공받고. 1석 2조이니 거절할 이유가 없었다.

"지금 당장은 힘들더라도, 매력적인 제안이네요. 사장님이 함께해 주신다면 저야 든든하죠. 투자를 해주신다면……후, 위협적일라나."

"하하하. 받아주시는 겁니까?"

"음원사이트 부분은 좋아요. 어차피 이쪽은 이 사장님이 더 노하우가 있을 테니까요. 어차피 우린 같이 갈 사이이니까요."

하세연 사장은 쿨한 미소를 지어 보였다. 강윤은 시원시원한 그 모습에 감탄하며 자신감 어린 표정으로 답했다.

"그렇군요. 계속 함께했으면 좋겠습니다."

강윤은 하세연 사장과의 커피 타임을 즐긴 후, 파인스톡을 나섰다.

6시가 조금 안 되는 시간이었다. 여름 저녁은 밝았다.

'늦진 않겠군.'

강윤은 지하철을 타고 강남으로 향했다. 술 약속이 있어 차를 놓고 왔다.

그는 강남의 한 고급 술집 룸 안에 들어갔다. 그곳에는 이준열이 그를 기다리고 있었다.

"형! 일찍 왔네?"

술집 룸 안이었지만 여자는 없었다. 강윤이 여자가 있는 술집을 꺼려하기에 이준열은 술만 주문해 놓고 있었다.

두 사람은 잔을 부딪치며 대화를 시작했다.

"형, 축하해. 에디오스 대박 났더라?"

"고마워. 다들 열심히 한 덕분이지."

"에이. 형이 잘해서 그런 거지."

이준열이 한껏 띄워주었지만 강윤은 고개를 흔들었다. 에디오스 전원이 한마음으로 열심히 준비했기에 가능한 일이었다. 강윤은 그렇게 생각하고 있었다.

한껏 강윤을 축하해 준 이준열은 곧 본론을 이야기했다.

"형. 이것 좀 들어줄 수 있어?"

그는 핸드폰에 이어폰을 꽂아 강윤에게 주었다. 그리고는 안에 든 음원을 재생해 들려주었다. 강윤은 귓가에 들려오는 음원을 들으며 눈앞에 작게 펼쳐지는 음표들을 살피기 시작했다.

'뭐지? 이 검은 음표들은?'

그런데 핸드폰에서 나오는 음표들이 합쳐지며 지독한 검은색이 뿜어져 나왔다. 덕분에 강윤의 인상이 대번에 일그러졌다. 마치 기름에 젖어든 새처럼, 온몸이 찐득해지는 듯한 기분이었다.

"형? 왜 그래?"

"아, 아냐. 아무것도."

이준열이 급격히 나빠지는 강윤의 표정에 놀라 묻자 그는 고개를 흔들었다.

간신히 곡을 다 들은 강윤은 심호흡을 하며 힘겹게 말했다.

"이건 무슨 곡이야?"

"하아…… 형. 나 이거 어떡하지?"

"무슨 일인데?"

강윤이 재차 묻자 이준열이 힘겹게 이야기했다.

"내 디지털 싱글곡이야."

"뭐?!"

어이없는 답이 들려오자 강윤의 눈이 대번에 화등잔만 해졌다.

to be continued

내 안에 몬스터 있다

형상준 현대 판타지 장편소설

태양의 흑점 폭발과 함께 새로운 시대가 찾아왔다!

마나와 능력자, 그리고 몬스터가 존재하는 현대.
그리고 그곳을 살아가는 마나석 가공 판매업자 김호철.
평소처럼 마나석을 탄 꿀물을 마시던 그는
번개에 맞고 신비로운 힘을 각성하게 되는데…….

'내 안에서 몬스터가…… 나왔다?'

그것도 김호철이 먹은 마나석의 개수만큼 많이.

레벨업 어게인

LEVEL UP
AGAIN

잘은 모르겠지만 과거로 돌아왔다.

최단 기간, 최고 속도 레벨 업, 노블레스 등급 클리어.
생각지 못했던 행운들에 시스템상 주어지는 위대한 이름,
앰플러스 네임까지.

모든 게 좋았다.
사랑했던 여자도 이젠 지킬 수 있을 것 같았다.

[앰플러스 네임 '빛의 성웅'이 성립됩니다.]

그런데 뭐냐. 이 요상한 이름은……?
나 그런거 아닌데. 아 진짜. 아니라니까요.

우지호 장편소설

빅 라이프

돈도 없고 인기도 없는 무명작가 하재건,
필사적으로 글을 써도
절망뿐인 인생에 빛은 보이지 않는데…….

어느 날,
그가 베푼 작은 선의가
누구도 믿지 못할 기적이 되어 찾아왔다!

'글을 쓰겠다고 처음 결심했던 때를
잊지 말게.'

무명작가의 인생 대반전!
지금 시작됩니다.

포텐

POTENTIAL

어떤 사물에는 그것을 오랜 기간 사용한
사람의 잠재된 능력이 고스란히 담긴다.
그리고 난 그것을 사용할 수 있다.

천재 디자이너, 죽은 이도 살리는 명의,
감성을 울리는 피아니스트, 바람기 가득한 첩보원.
그 누구라도 될 수 있다. 단, 애장품만 있다면!

달인의 눈으로 세상을 바라보는,
유쾌한 민호의 더 유쾌한 애장품 여행기!

반자개 장편 소설

WISHBOOKS MODERN FANTASY STORY

Wish Books

건축의 신

누구도 내딛어 보지 못한

그 한 걸음을 내딛는 자!

평범한 가구 회사에 다니던 성훈
그러던 어느 날,
사고로 인해 20년 전으로 돌아왔다!

다시 시작하는 삶.
절대로 헛되이 보내지 않겠다!

세계 최고의 건축가가 되기 위한
성훈의 활약이 펼쳐진다!